張《ちょう》 さつき

二人介護のはざまを生きる

サンセットの街　神戸から

未來社

もくじ❖二人介護のはざまを生きる

3　母から娘へ、娘から母へ　55

第二章　神戸再発見　81

1　神戸再発見　82

2　家族の中で　153

サンセットの輝きのなかで――エピローグ　192

装幀——多田　進

やってみなければわからない——序にかえて

かれこれもう27年も昔のことになるが、5年に及ぶヨーロッパの生活から帰ってきた時、夫の勤務地は大阪だけれど、私たちは夫の両親の住む神戸を選んだ。親戚というものを知らずに育った子どもたちに、祖父母の存在を教えたかったのだ。運よく公務員住宅が両親の住む団地の近くにあり、これまた運よく入居することが出来た。バスで二駅、歩くことはもちろん可能。子どもたちは小学校の一年と二年。外国帰りの彼らは十分に恒例の「いじめ」の対象となっていたけれど、私はあえて気がつかないふりをして、なんとか時間が解決してくれるのを祈り、そして待った。

祖父母の家が近いことはいいことで、子どもたちの学校の運動会や音楽会に連れ立って行き、土日は一緒に食事という大家族の趣きをなしていた。そして姑が70歳の時舅が亡くなり、姑は一人暮らしを謳歌しはじめた。夫の家族は中国からの引揚者で苦労を重ねてきたけれど、二人の息子はそれぞれに自慢の息子に成長し、姑の毎日は愉しげだった。とくに長男と姑は仲がよく、遠くに住む長男は姑にたっぷりの小遣いを与え「お母さんが元気であちこち旅行などしているのを聞くとほっとする」というのだそうで、それを我々に告げる姑は本当に嬉しそうであった。学者の家計ではそうはいかないので、経済的援助と精神的援助とに分けて、兄弟仲よく親孝行をすればいいと我々は考えていた。

けれど姑は80歳を越える頃から徐々に精神的にも肉体的にもおとろえてきてしまった。ひとり暮らしが無理になるのは時間の問題かと心配になりだした。でも姑はやはり昔の人で「いずれは長男の所へ行きます」が口ぐせでひとり暮らしの気ままを止めようとはしなかった。しかし、火など出してからでは大変と、まもなく公団の小さなアパートをたたみ、神戸からはるか離れた長男の所に移っていった。いつのまにか86歳になっていた。

そして我々は、これは年齢的に遅過ぎたことを、すぐに知ることになる。長い間、姑の問題を深く考えてこなかったツケがきた。誰が悪いのでもなく、いずれ人間は肉体的・精神的におとろえていくことを忘れていた全家族の責任であった。強いていえば、一番身近に接していた私が、姑の変化にもっと敏感でなければならなかったのだと思う。年をとれば歯だって耳だって悪くなっていくのが当たり前なのに、頭の中味は変わらないなどと、何の根拠があって思っていたのだろう。

姑は1年間、見知らぬ所にいて、慣れるということが出来ないままに、再び神戸に戻ってきた。神戸の見なれた六甲山と海は彼女をようやく落ち着かせ、自分をとり戻した。と同時ににわかにかつて彼女が住んでいたアパートに「帰る、帰る」といいだした。これはもう手放しているし、もはや一人では暮らせない。一時凌ぎでもなんでもいいからと私たちの所で、姑は暮らしはじめた。25年間を近くに住みあっていたということは馬鹿に出来ない。気がついてみたら、あの気難しいところのある姑が、私にまるで従順になっているのだった。

けれど、ここには既に私の母がいる。だからといって、自分の母は介護出来て、姑は介護出来ないなど、口が割けてもいえるものではない。ましてや、私の母を東京から呼び寄せるきっかけを作ってくれたのは夫の言葉であったのだから。「もう十分一人で暮らした人だよ。一緒に住んであげよう。」先に口に出してくれた夫の声が私の耳に蘇った。

二人介護は一体どんなことなのだろうか。なんでもどこにでも楽しいことをみつけることに天才の、滑稽なほど完全なプラス思考の「少女パレアナ」(アメリカ人 エレナ・ポーター作)が小さい頃から大好きな私は、60歳を過ぎてもまだどこかで彼女にあこがれている。だからすぐさま、二人介護をすれば何かいいことが起こるかもしれないと思おうとし始めていた。面白いことだって始まるかもしれない。やれないことはないと思う。

この私に、反対意見が殺到した。何を血迷ったのか。最初から無理と分っていることをやるなど、これはひとつの傲慢ではないのかと。介護者が倒れたら、それこそ何もならないばかりかマイナスだけが残ってしまう。みんな我々を案じてくれているのはよく分かる。

悩み抜いて疲れ果てていたその時、つけ放しにしていたテレビが「ローマ軍団ガリア征服・シーザーの決断」を流していた。二人介護で頭が一杯のわずかなすき間に、すうっと入ってきた言葉、ひとふきの風。

シーザーはローマを征服したけれど、反逆者を死刑にはしなかった。そしてその人たちに殺された。シーザーは、「自分のその後のことは分らない。今の自分の良心に誠実に従ってやったまでのこと」、そのような意味あいの言葉を残して死んでいったとテレビは語り終えた。

私もこれでいこう!! その時私はそう思った。「その後のことは分らない。」その通りだ。やってみなければ分らないのだから、と私は心からそう思った。大げさないい方をすれば、その時さいは投げられたとでもいうか。そして二人介護に我々はふみ切ったのだつた。

まずは実家の母が、神戸に住みつくまでのいきさつだけれど、これもそう簡単なものではなかった…。

二人介護のはざまを生きる

――サンセットの街　神戸から――

イラスト――福原妙子

第一章　二人の母を介護して

1　母・神戸に

母・神戸に

1995年の阪神大震災のショックから3年がたち、神戸の街もようやく落着きを取り戻し始めていた。そして我々にも初孫が誕生した。母は95歳になっていたけれど、まだ一人ぐらしが出来ないわけではなかった。でもそろそろ神戸で一緒に住まないかと私たちは母に声をかけた。そして母もすんなりその気になったようだった。95歳という高齢を思えば、双方にそれなりの覚悟があるわけだけれど、両者共そのことにはふれずさわらず、周りの誰もがただニコニコと、母の旅立ちを手伝った。「曾孫を見るために神戸に行こうね」である。

母は小さな庵に住んでいた。この5年間で、ホームヘルパーの大和田さんとすっかり仲よしになり、母は彼女との別れが大変つらかったようだ。

出発の前日、大和田さんは古いこの庵を磨き上げ、二人でお茶をのみ、母は涙をこぼしたという。耳の聞こえない母なのに大和田さんとは会話ができた。最後に少々出た生ゴミを、庭に埋めてくれというのに、大和田さんは笑ってビニール袋に入れ、もって帰られたそうだ。

当日、母はきちんと旅支度を整え、私を待っていた。周囲はどこも整然と片づいていた。「じゃ行こうか」と私が言えば母も「そうね」と答える。親友が車で迎えにきてくれた。こういう時第三者がいてくれるのはとても助かる。母はぐるりと部屋を見渡して、「ありがとうね。長い間住んでいたものね」とだけ言って、バイバイと手を振った。

東京駅からプラットホームへは車イスで運んだ。結構たくさんの見送りの人がいた。大げさな別れになるのはまずいと思い極力黙っていたけれど、母の妹も交っていた。私の義兄が小さな花束を持っていた。皆、ニコニコと笑っている。小さな母に小さな花束がとても可愛かった。「姉様、また東京に帰ってらっしゃいよ」、母の妹がしゃきっとした東京弁で母に話しかけていた。誰もが「そう、そう」と笑ってうなずいていた。神戸まで姉もつき添ってくれ、旅立ちがにぎやかなのが嬉しい。

そしてのろのろと列車は出発してしまった。こういう時、あいまいということは悪くないと私は思った。曖昧な表現で、曖昧のうちに事は進んでいったのだ。プラットホームの母の妹の目に涙がいっぱいなのを私は知っていたけれど、私は笑っていたし、私は母を見なかった。

唯ひとつ、私が決心したことは、今後一切、母が何を言っても何を行っても、私は母に腹を立てないということだけであった。ありがとうねと母が別れを告げているのを目にした瞬間、私はそう心に決めた。

（1998・8）

行き違い

猛暑の中、よろよろと仕事から帰宅した私に、留守番をしていた母が、姉からの手紙を差し出した。

何の気なしに読み始めた私の目に、「いつ東京へ戻られますか」の文字が飛び込んできた。母が東京から神戸に来て2カ月もたっていないのにである。東京では皆それぞれに、母の神戸での生活を案じていると。

母に対して怒らないと決めていたのに、私は不覚にも頭に血が昇り、95歳の母をなじった。「東京の人たちに、東京が恋しいの、ここが嫌だの、私は留守番ばかりだの、そんな手紙を出したのでしょう。」母は聞こえたのか聞こえていないのか、知らん顔を決め込んでいる。夕食の仕度をしながら私は徐々に、しかし本格的に腹が立ってきた。

曖昧な別れ方はしてきたけれど、高齢の母を神戸に移すことには、どの人の胸にもそれ相当の覚悟があったはず。私とて屈託のない顔はしているけれど、母を思い今日の1日が明日に続き、2カ月、1年とあることを希みながらも、あるいはたった明日までのものかも知れないと案じつつ、日を送っているのだ。

腹が立つと勢いの出てくる私は、東京に電話をかけた。姉は軽い気持で思うがままを書いただけで、母からの帰京を希む言葉はないという。私はいささか拍子抜けの感をもちながら次姉にも電話をかけた。車イスの移動は大変だったこと、この暑さの中、もう一度東京に戻すなど考えてもぞっとする。私は母を引き取ったのだと訴えた。姉はわかっていると言いながら、だから東京では後ろめたい気持にさいなまれているのだという。

母は事のなりゆきに心を痛めた様子で、怒りなさんなと私を戒めた。二人の姉がどんなに東京で尽くしていたかも話してくれた。母にとっては、東京も神戸ももう同じなのだという。ここにいるよと言いながら、母の心は東京に戻るかと問うた姉を、むしろ喜んでいるかのようであった。そして「あきらめている」と付け加えるのであった。

私はじっと自分の心を見つめた。母を側においた私は自分がかつて遠くから母を案じていた日々を忘れ、姉の案じる気持ちを理解しなかった。むしろ外野のうるささととってしまったのだ。仕事に出かける私は、母に留守番を強いることで、母が東京へ帰りたいという言葉をいつ出すか、それを恐れていたのだ。それこそ私の側にも後ろめたさがある。引き取っておきながら自信のない私は、案じるという言葉にすら非難の影を自ら作り上げていたわけなのだ。

けれど姉妹というのはいいものだ。2日もたてばすべて解消。かえってお互いの気持ちが深まったのだった。

（1998・9）

母の骨折

神戸で一緒に住もうねと東京から引っぱってきた母。来る時は車イスに乗ってきたのに4カ月、5カ月と共に生活するうちに、とても元気になった。

あれは11月の中旬、天高く晴れわたり、めずらしく暖かい日であった。母は美容院に行きたいと言い、私が付き添って近くのサロンに出かけた。シャンプーをしてもらいカットもすみ上機嫌の母は、スタコラサッササとよく歩いた。

あまり楽しく歩けた母は、家へ帰った途端、「東京へ行く」と言いだした。エッとびっくりする私を見据えて、急に強引とも思える口調で、どうしても東京へ帰りたいのだと主張した。どうしてなのと訝しがる私に、「ここで死ぬわけにはいかないもの。」

この母の言葉に私はひどく傷ついた。涙がこぼれそうになるほど私はうろたえた。眠れない夜を過ごした私は、母を再び東京に連れていく決心をした。1カ月だけよ。1カ月たったら戻ってきてね。母と私の約束だった。東京駅に着いた時の母の嬉しそうな顔。二人の姉と甥が出迎えていた。

母は東京で楽しい日々を過ごし始めた。東京は母にとって故郷なのだ。長姉のところでよい日々を暮らした後は、次姉の方へ移る。「私はね、タライ回しにされているのではないのよ。私自身がタライ回りがしたいのよ。」母は周囲を驚かすほど、意気盛んだった。

その勢いで次姉のところに移動。玄関に入り、フロアに立った瞬間だった。一同の目の前でへなっと母はよろけ腰をついた。それからが大騒動。足が大根みたいになったというのだ。レントゲンの結果は左大腿骨骨折。私もすぐ上京した。病院の四人部屋の隅で母は左足を牽引されていた。私を見るなり「バチが当たってしまった」と言う。私も姉たちも気の毒な姿の前に言葉もなく、天をあおいだ。

手術をしなければならないのだけれど、その体力があるかどうか。検査結果は無理と出た。肺炎併発と貧血だというのである。肺炎とは母に告げにくく、今日は手術ができないと紙に書いて渡すと、「先生、明日はどうですか」と母は聞く。気力は十分あるのだ。肺炎治療が先だというわけで、その日から禁食禁飲となり、私たちの仕事はなくなってしまった。

お正月。マンションのサンルームから神戸の日の出を見せたかった私は、肩を落とし一人海をながめている。時間に限りがあることを知りながら、母を中心に生活をしなかった自分が悔やまれて、胸がキリキリと痛む。

点滴を受けながら母は「あかふくが食べたいわ」と言っているそうだけれど…。

（1999・2）

母のリハビリ

母は見事に手術から生還した。1月中旬、手術中やその後に何が起きてもよいと了解して私たちは母を手術室に見送ったのだった。待つこと3時間、やっと手術室から出てきた母の第一声は「お腹ペコペコ。」私たちはまっすぐに伸びた母の小さな体を見て大喜びだった。

そして2日とおかずリハビリが始まった。母は痛い痛いと悲鳴を上げ「おまけして」と叫ぶのだけど、容赦ない先生方のお陰で、まもなく車イスでトイレに行けるようになった。ところがそれで治療は一応終了したからと、病院を変わらなくてはならなくなった。木枯らし吹きすさぶ2月である。もう少し居させてもらえないかと嘆願したけれど却下され、東京郊外の田無の病院に転院した。

3月の始め、私は「赤福」をもって上京、武蔵野の面影が残る田無に行ってきた。白梅と紅梅の林が美しく、関東は木が大きいとまたしても思う。母は元気で、ベッドの上に机を置いてもらいチョコンと座っていた。「おそかったわね。」母の言う決まり文句が懐かしかった。

リハビリの時間がきて、私も見にいった。かなり大きな部屋に十人ぐらいの患者がいて、五、六人の先生が右往左往している。母も慣れた感じで車イスからベッドに移り、横になった。

「今日は何をするの」と母。若い先生が耳の聞こえない母のために、絵を描いて持ってきてくれた。絵の通りにまず頭上げ十回、次に腰上げ十回、足上げは右十回左十回、母は一、二と声を出して十回すむと丸をつけていく。足開き、膝のばしと続けていく。しばし休憩。

その後が本番の歩行。「神戸から娘が来たから、歩けるところを見せてやって」と母が先生に言えば、先生も「わかってますよ」と楽しそう。杖をつき手すりにつかまって2メートル往復ができた。私は、母はもう絶対に歩けないだろうと思っていたので嬉しかった。他の患者さんが母を見て拍手してくれた。「杖だけでちょっとやってみましょう」と先生。しかしこれはまだ無理なのか母はこわいこわいと言う。それでも二歩歩けた。

リハビリの先生たちの元気で優しくて厳しいこと。皆いい顔している。目が優しい。私は尊敬の気持ちで一杯になった。母は体を動かすことで脳が活性化するようだった。たっぷり1時間のリハビリが終わった。母は丁寧に「ありがとうございました」と言いニッコリ笑った。この言葉に私は安堵した。そしてこういう社会性が母にある限り、まだ大丈夫と思った。

神戸に戻ったら追って母からハガキが来た。「私が歩けた時のあなたの嬉しそうな顔、あれは忘れられないわ。」

96歳を母は病院で迎えた。

（1999・4）

二度目の骨折

東京で左大腿骨骨折で手術、延々10ヵ月に及ぶ入院生活をようやく終えて97歳の誕生日を姉たちに祝ってもらった母。その母がようやくまた神戸に来ることになった。まだ痛みの残る足をいたわって、寝て来られる新幹線を利用して二人の姉に付き添われ、それこそ凱旋将軍の神戸入りの感で母は新神戸駅に下りたった。私より早く駅員さんが車イスを持って待機していたのには恐縮した。高齢者に優しい国に日本もなったと、私は嬉しく母を迎えた。

母はそれこそ大ニコニコである。桜がまだ残る王子公園の辺りを車で通ると、「きれいねェ、この道大好き」とご機嫌である。私は、母はもう二度と神戸には戻れないだろうと思っていたから、それこそ夢の実現のように、心ははしゃぎまわっていた。

骨折事件の前、高齢の母の一人住まいを案じ神戸永住をすすめた折は、まだその時期に気持が達していなかったのか、母は反抗し東京に逃げていってしまった。けれど今度の来神は、余程の母の決心とみえ、前回とは異なるものが母の様子から感じ取れた。「あなた方の好意を踏みにじったから、バチが当たって骨折したのよ」と母はいった。神妙にそういう母に私は言葉がなかった。バチにしてはひどすぎる。あのリハビリにおける母の努力を知っている私はそう思った。

１週間が過ぎた。家の中でも杖がいるのかと思っていたのに、母はゆっくりだけど普通に歩き、トイレにも行く。夜だけはポータブルトイレにしてもらおうと、私は立派な物を買い求め、母の部屋にどんと据えた。母は朝起きるとさっさとそれの始末をする。「物を持って歩いてはいや」と私は母からひったくる。これでいいのかしらと思うほど、母は元気になっていた。姉たちは点滴で体質が変わったのかしらなどといっていたけれど、私もその元気に驚いていた。難聴はますますだけれど、読書力と手紙書きは衰えず、人にも以前に増して優しくなっていた。

２週間め、ゴールデンウィークを前にして私の娘が子どもを連れて里帰りをしていた。２歳の子どもと97歳の老女。仲良くパズルをしたりアメを食べたり。しかしこの元気旺盛な２歳児は、動物的感覚で母を少々低くみる。それを娘がすばやく察知ししっかり叱っているのを見て私は感心した。娘もよい母親になったとその成長が頼もしかった。

そして14日めの朝のことである。夜中にトイレをすませた母はふらっとよろけたそうである。そしてベッドに再び横になったというのに、翌朝起き上がれなくなってしまっていた。

（２０００・６）

世の中捨てたものじゃない

母は「まさか、また折れたんじゃないわよね。痺れているだけだから。」嘆願するようにいうけれど、とにかく立てなくなってしまった。

一一九番に電話をした。玄関先に立っていると、はるか遠くにサイレンの音がしている。私に嬉しいその音は、今行きますよと叫んでいるようだ。

東神戸病院に運んでもらった。病院に母を引き継いだ後、初めて隊員の方たちが私に笑顔を見せた。救急隊員の厳しい使命を垣間見る一瞬だった。応急処置室で母は「もう手術はいやよ。痛み止めだけしてもらってね。家にいたいのだから。」レントゲンの結果は以前と反対側の右大腿骨骨折。へなっとしただけで骨折だ。私は一瞬くらっと来たけれど、こういう時は笑うしかないと、ニコニコ笑って「折れているって」と母に告げた。

翌日手術。青ざめて震えて戻ってきた母の最初の一言は、「つらかった。」東京から二人の姉もきていて三人の娘が、必死で母を慰めた。娘たちを見て母は紙に書いた。「万が一の事もあろうかと心配したのだったけれど、三人の嬉しそうな顔をみて嬉しくなったわ。神々にありがたく感謝しています。」神様が複数なところに母の切羽詰まった気持を感じた。

姉たちが一安心して東京へ去り、入れ替わり私の息子が友人の医師を連れてやはり東京からやって来た。母はこの孫と会話をするのが好きでいつも気分が高揚する。息子も知っていて、がんばってくれてありがとうと母を抱きしめた。母は「100歳まであと3年しかないのよ。だから私忙しくて、こんな所で寝てられないわよ。」何にそう忙しいのかと、忙しいのは主に私なのだけれどと私はキョトンとしながらも、この母の再び蘇った元気が嬉しく、一同笑いあった。そこへ私の娘も2歳の子どもを連れて現れた。病室はたちまち大入満員でほかの患者さんの迷惑を考えて、人数制限をしなければならなくなった。

お向かいの患者さんに私はあやまりにいった。母の耳が聞こえないものだから、つい皆が大声を出す。ところが思いがけない言葉が返ってきた。「世の中いやなことばかり。もうテレビも新聞も見たくない心境でその上病気までしてしまってここに入院したのですよ。でも、今は違うのです。ここの看護婦さんたちは本当に優しくいい人ばかり。そこへもってそちらの家族を見ていて考えが変わりました。97歳のおばあさんを皆で支えておられて……。世の中捨てたものじゃないと思えてきたのですよ」

入院して4日目のことであった。手術後の緊張が少しとけた私は、この言葉を聞いて、涙がこぼれそうになった。

（2000・7）

おきあがりこぼし

母のリハビリはすぐに始まった。1年半ほど前に10カ月も入院してリハビリに励んだ母だから、要領がよい。分かっているわよといわんばかりに張り切るのはいいけれど、せっかちな気質はこの際まずいと私は気がもめた。あせっては駄目と何度も耳に口をつけていい聞かせた。

3週間が過ぎた。母はリハビリ中心の病棟に移動した。そこでは食事は一同そろって食堂で食べる。急に病が快復したような明るさに包まれた。ほとんどの人が車イスだけれど、そろっての食事はにぎやかだ。母はここではイクラは食べられないわねとつぶやく。ベッドではあれ持ってきてこれ嫌いの母だけれど社会性が残っているので安心した。まもなく食堂の片すみにトースターがあるのに気がついた。母は焼いたパンが好きなのだ。「歩けるようになったらパンを焼く」と嬉しそうにいった。

東神戸病院は不思議と思うほど、看護婦さんが優しい。物静かな人も、とっつきにくそうな人もいないわけではないのに、ひとたび話しかけたり、患者がコールした時の応対、これが実に全員にこやかなのだ。プロ意識というより、持って生まれた優しさを磨いて看護婦になったような、そんな芯からの優しさがある。母は耳が聞こえないからメモの紙をたくさんベッドの側に置いている。よくそのメモ紙にメッセージが寄せられている。「今日も一日頑張りましょう」と似顔絵つきだ。母も負けじと「あなたは漫画家になれる」と書き添える。

ある日、私の息子がまた東京からやってきた。そしてまた100歳の話が出た。今回は100歳が困る困るといいだした。「100歳まであと3年。どうしよう」という。どう困るのかと息子が問えば「だって100歳になるとテレビに出るんでしょう。国からもお祝いくるし。欽ちゃんの100歳バンザイ、あれに出るのもはずかしいわよ。耳聞こえないから欽ちゃんと話せない」という。息子と私は顔を見合わせ返事に困った。母はいよいよ孫に向かって元気一杯だ。「東京でころんで入院、リハビリ。神戸へきてまたころんで骨折って、私本当にバカみたい。でも治るわよ。治ってやるのよ。私ダルマみたいなのよ。絶対また元に戻るのよ。私、おきあがりこぼしのダルマなのよ。」息子が紙を探しダルマの絵を描いた。ころっころっと倒れても倒れても起き上がる可愛いダルマを描いた。

私の帰り際、母はまたいう。「今度ちょっと上等な化粧石鹸もってきて。自分で顔が洗えるようになったのよ。」お肌の手入れをするつもりなのだ。

それから、と母はまた続ける。「髪の毛の洗剤、いい香りのを持ってきてね…。」

（2000・8）

母の退院

母が退院した。母は4カ月半を東神戸病院で過ごし、私はそのほとんどを母に会いに通院した。立てなかった母が立ち、リハビリによって杖をつきつきヨタヨタと、けれど確実に歩けるようになった。そして私は介護保険制度というものを一から学んだ。

退院の準備はまずリハビリの先生と、ケアマネージャーさんから始まった。帰る先の家の状態を知りたいという親切な申し入れに私は喜んで家を見てもらった。段差、風呂場の様子、浴槽の高さ、トイレ。どこに手すりが必要で、どこにベッドを置くかまで、それは丁寧なアドバイスを受けた。

次に婦長さんと私の話し合い。母は43歳で未亡人になり、四人の子どもを育てることに精一杯で、何ひとつ貯えもなく、老人福祉年金をもらってささやかに生きていること。一番下の子ども、すなわち一番年若い私が母を引き取ることが最良の方法であることを話した。そして退院と同時に私は仕事を止める気持であることも告げた。週二回とはいえ仕事は仕事。母の介護と仕事の両立は無理と私は思ったのだ。けれど意外にも婦長さんたちの意見は反対で、母の場合、私が仕事を止める必要はどこにもないというのである。母のためにも私のためにもそれはよくないと。母のためにも？　親だとて一人きりの自由な時間はほしいのにちがいないというのである。私はいささか驚いたけれど、甘えのない指導が気に入った。

迷った私は母にも問うた。母は即座に、仕事に限らず今やっていることを何ひとつ変えないでほしいというのである。娘にいくらかの収入がある方が、母にとっても心がらくになるようだった。

病院側はそのための方法はいくらでもあるという。要介護2という認定が出ている母がどんな方法で援助をうけることが出来るのか。さし当たっては週二回の仕事の日、午前2時間、午後2時間、トイレと食事の世話にヘルパーさんに来てもらうことを勧められた。

何事もやってみなければ実際のところは分からない。ならば柔軟な心でと、私は今の生活の延長線上に97歳の母をのせた。その時ふと私の気持ちが明るくなったことにも気がついた。

それは97歳であろうと、半病人であろうとも、母が家に戻りたいのならば、家族の一人として、母もまた懸命に自立しなければならないということ、人間らしく生きるということはこういうことなのだと私が知った一瞬でもあった。

自由があれば危険が伴う。そしていつか心臓は働きを止める。思うだけで切ないけれど、私は仕事を続けることを前提に退院の準備を始めたのだった…。

さて家に帰ってからの私の介護の勉強のその一は入浴にあった。病院にはかなり大きな浴室があり、そこで私は若い看護婦さんから手取り足取り入浴介護のやり方を教えてもらった。シャワー椅子がポイントで、ここに母を座らせて体を洗うと結構らくに出来て、ひと安心した。

家の中の準備はリハビリの先生を通じて福祉用具専門店から業者の人が来てくれた。手すりを廊下と風呂場に三カ所つけた。それにシャワー椅子とバスボードを購入。バスボードはシャワー椅子から浴槽に移動する時なかなか便利だ。

いよいよこれで退院の日が来た。この病院のあちこちには「職員に対する届類は一切固くおことわりします」と貼ってある。これだけ親切を受けたのに、本当にこれでいいのかしらとの思いが頭をよぎるほど、母にとってよい病院だったけれど、よい習慣を育てていくためには患者も決まりを守らなければいけない。そこで医療互助組合に少々預金をすませ、エレベーターの前で若い看護婦さんたちから盛大なエールを受けて、雨の降る中、母は車イスに乗って病院をあとにした。

同日、すぐにコーディネートの人がホームヘルパーさんをつれて挨拶にきた。ケアマネージャー、コーディネーター、ホームヘルパーとタテの関係がこれで成り立つ。びっくりしたことにヘルパーさんは21歳の青年であった。びっくりする必要はどこにもないのに、これはびっくりする方の私に時代おくれの非がある。2年間、福祉の勉強をした彼はしっかりしていた。

「親子どんぶりなんか上手なものです」私はおおいに安心した。

そして今、退院から丁度1カ月が過ぎた。ホームヘルパーさんはこの1カ月の間、四人が入れ替わり立ち替わりとかなり激しく変動した。私の方にふとある種の不安がよぎったけれど、介護保険が始まってまだ数カ月、互いが試行錯誤をしながら、互いを育てていくことが大切と、私は何もいわなかった。明るい母の性格もこの際プラスして、仕事から帰ってくる私をまちかまえて、「今日はね、またちがう人だったけど、それがまたいい人なの」と報告してくれるのであった。まもなく、二人の人に決定して順調に回転しはじめた。

しかし時折、母と私は衝突する。ものすごい音量のテレビに私が悲鳴を上げ、忙しい時にしてくる耳の聞こえない母の質問のわずらわしさに、これまた私の目がきつくなる。「今は困るの、わかって下さい」と強くいい放って家を出た後の心の重さ。

そんな帰り道、ススキを束ね、秋を運ぶのも私である…。


（2000・11）

デイケア

母が東神戸病院のデイケアに行き出して五回目を迎えた。一回目の緊張は相当なもので、前日はほとんど眠れなかったそうで、血圧も体温も上昇。朝の大問題はまだお通じが出ないことだった。病院のトイレにいけばいいといったところで、明治生まれのレディには無理なのだ。行く母も出す私もドキドキ。でも送迎車の温かい雰囲気に母も私も励まされて、だんだんに慣れてきた。

その母が先日のひな祭りの日、それはそれは大興奮で帰って来た。私の顔を見るなり、「今日は面白かった」何をやってきたかを早く報告しようとする母の意気込みに私も思わず引き込まれてしまった。母の話によると、皆で大きな男雛と女雛を作ったのだそうだ。色紙で冠を作り扇子を飾り顔の部分だけ抜いたおひな様が出来上った。そこに顔を入れて写真を撮ったという。「お化粧したのよ。口べにつけて真赤に頬べにつけて、はずかしいったらなかったわよ。」98歳の母のお相手はと聞くと、「アハハ、隣の人まで見るひまなかった」と笑っていた。男雛四人、女雛五人、一人足りない男雛にはどこからか若い男の人が現れて解決。誰に当たるかはくじびきだったらしく、なるほど公平なものだと私は感心した。

次に紙に自分の希望の言葉を書いて男雛に渡す遊びをしたという。何て書いたのと勢い込めば「私はいやですって書いちゃった」照れくさそうな顔は、久しく見たことのない表情でおかしかった。他に映画に行きたいとか散歩したいとか書くのだという。どうもスタッフやボランティアの人たちが横でいろいろと教えてくれるらしい。その中で母はいやですを選んだのだろう。変な人と私は思い、もっとも母らしいとも思った。母は42歳で未亡人になった。父51歳。男ざかりの魅力的な夫を早くに失った。母が骨折して、その手術の当日、いつが一番幸せな時期だったかと聞く私に、母は「そんなの新婚時代を送った京都の東山時代に決まっているわよ」と即答したものだった。

「ああ面白かった。笑ったのなんのって。甘酒も飲んで来たのよ。」この人酔って候かしらと私はまじまじと母を見つめた。

つくづくと思う。週一回のデイケアは本当にいいものだと。家に閉じこもっている母が送迎を受けて集団生活に参加してくる。母は活性化し私はひとときの解放感を味わうことが出来る。専門家が見る目はまた別の角度からであり、身内の介護とは一味も二味も違ってくる。結果は母の笑顔につながるのだ。

いうだけいってさっぱりした母は「だけど今日は疲れたわ」とベッドにもぐり込み寝てしまった。私は何となくニヤニヤし、元気が出てきた。

（２００１・４）

ヘルパーさん大好きの母

退院してきたばかりの頃、母は要介護2でその後要介護3になった。かなりの事を介護保険で頼めるので私は助かった。仕事も週二回だったけれど続けていた。母は週一回のデイケアを楽しみ、週二回ヘルパーさんにきてもらって、食事を作って食べさせてもらっていた。若いヘルパーさんたちを母は好み、耳は聞こえないけれど、一対一でゆっくり大きな声で、耳元でしゃべってもらったり、補聴器を使ったりで、よいコミュニケーションを作っていた。第三者との会話は実にいい。人に耳をかたむけてもらうことは、心の平静を保つことに最良で、それは実の娘よりヘルパーさんに軍配は上がっていた。母の社交性のある性格にも私は助けられた。

ヘルパーさんと私は分厚いノートをフルに活用し密に連絡を取り合った。若い人の文章は、なかなか面白い。パソコンのメールのような、笑いや泣きの印がとってもおかしい。時々私は笑いころげてしまうこともあった。ある時、あまり料理が好きでない人が来ていた。何故かその日、母は彼女にオムレツを作ってほしいといったらしい。ノートに彼女は書いていた。変な卵焼きを作ってしまいました。母は、いつも沢山は食べられない。別に味見をさせるつもりなどではなく、「捨てないで食べていったら」といったそうである。ヘルパーさんはそれをひとくち食べ「よく半分も召し上がって下さったと涙が出そうになりました。ウーン」でも明るい性格の彼女はすぐに自分を立て直し、「もう一息です。きっと上手になります」と報告をしめくくっていた。私はその可愛いさと健気さに喜んだ。

どの人も頼んだことを正確にしようと必死だった。病院で使ってもらうために、古い下着を適当な大きさに切断してほしいと書いていた時など、ものさしを探してきて、いちいち計って切っていたと母が感心していた。正直さも本物。ほんの数分の遅刻、何もしないのに洗っていてコップが割れてしまったと深い詫びの言葉。全てがノートに残っている。私は二人のヘルパーさんに鍵を預けている。そのヘルパーさんたちから、鍵を預からせてもらっている数少ない人の一人だと聞いたことがあった。ヘルパーさんを信頼しないで、どうして大切な肉親の世話を頼めるかである。どの人も、ヘルパーという職業を、志の仕事としてよくやっていると思うし、この新しい仕事を私も支援していきたいのだから。

母は結局、ひとりのヘルパーさんと長いつき合いになり、孫を思うように彼女のことを可愛く思っていた。母は彼女の来る日を待ち、車イスでの散歩を好み、野の花を摘んだり、犬や猫をからかったりしていた。ある日私は何気なく、「この頃の楽しいことは何?」と聞いたことがある。母は「ヘルパーさんに会うこと」といった。私はそれをノートに書き込んだ。彼女は「この言葉を支えにこのお仕事をさせてもらいます」と返事を残してくれた。（2001・8）

言葉そして会話の難しさ

何年か前のこと。ネパール人のシュレスタ先生がまだ甲南大学に勤務されていた頃、あまりに立派な日本語を話されるので、私は失礼を省みず驚嘆してしまったことがあった。その私に先生は「言葉を話すことは美しいことですから」といわれたのだった。今に至るまで、このことは私に強烈な印象を残している。

母と私は長く東京と神戸とに離れて暮らしていて、文通が何よりの交感であった。母は字も文章も共に優れ、私は母の手紙に癒され励まされていた。今、同居して一年が過ぎる。手紙のやりとりはなくなり、補聴器の会話だけれど、これは本当のところ母にどれほど聞こえているのか分からない。そして最近、私は急に母の言葉に傷つきだした。母が来客にいっている。「この子ったら勤めを止めたのにほとんど家にいませんよ」「今日はめずらしくいますけど」「私はこの年になって娘に怒られてばかりです」。友人がおすしを作って持ってきてくれた。嬉しい。母の言葉は「まあお上手に出来て、あの子には出来ませんよ。」友人をほめてくれるのは嬉しいけれど私の心にさざ波が立つ。時には私もほめてほしいなあと。

私のカレンダーには大きな字で「聞き流すこと」と記されている。「追及しないこと」とも書いている。母のいう言葉には悪意などどこにもない。傷つく私がおとなげないのだろう。相手は98歳だ。いつも側に居てほしいから、私が出かけるのがいやだから、言葉に出す。私はそんな母に時折文句をつける。母は私に叱られたと私を怖がっている。いっしょに家庭を作るからには仕方のないことと私は思う。生きることは笑ったり泣いたり怒ったり喜んだりの繰りかえしだ。母の肉体の老化を思えば、私は苛酷なことを強いているのかも知れない。でも私は、この世を去る寸前まで、母に人間としてちゃんと生きていてほしいのだ。

外出先から家に戻ってくる時、私はあせりまくって走るようにして歩いている。ドアを開け無事な母をみる時の幸せ。母はいきなり「おそいわね」と不機嫌極まりない。

ところが私の娘が先日私をとがめた。体の調子が悪かった彼女は静養に実家に帰っていいかと聞いてきた。二つ返事で娘を待った。入ってきた娘の顔が案じていたより元気にみえたので「元気そうね」といったのだ。娘はこの言葉に傷ついた。しんどいから来た人にそれをいっては来て悪かったと取られても無理はない。言い合いの果てに娘がいった。「私はママの言葉にいつも傷つく。時にはほめてみたら」

嗚呼、あの母にしてこのまた母あり。言葉は相手の立場に立たなければ、美しくも何にもならないのだ。

（２００１・７）

親子ゲンカ

親子の年は98歳と60歳。この二人がケンカをする。補聴器を使ってのケンカであり、小ぜりあいは日常茶飯事。大きいのは1カ月に一回位。大みそかの日にそれはやってきた。事の起こりは母の妹が暮に89歳で死んだのだ。私にとってもかけがえのない存在の叔母だったので、私もまいった。私がまいったのだから、母が悲嘆にくれるのは当然のこと。それを理解できない私ではないのだけど、何日も続く母の繰り言にうんざりした。

「どうして妹が先に死んでしまうのよ。私ももう生きていたくない。早くお迎えがきてほしい」九人姉弟の一番上の母は次々に妹、弟を亡くし、ついに植物人間に近い妹を一人残すのみとなってしまった。「そんなことといったって仕方ないでしょう。寿命は人が決めることの出来るものじゃないのだから。この忙しい大みそかに止めてちょうだい。」私の言葉がきつくなる。

妹の死を嘆くけれど、叔母だって長寿であった。しかし母は悲しくて死にたくなってしまった。でも母の日常は死からまだまだほど遠い。鯵のタタキが食べたいの、おさしみには日本酒をつけてね。鳥のキモを買ってきて。ちょっとお腹がはれれば消化剤。電気毛布に包まれて、それでも寒いと愚痴をこぼす。そして二言目にはもう死にたい。大みそかで余裕のない私はついに爆発した。「そんなに死にたいのならご飯食べるのを止めたら？　餓死っていうのはどうですか。それとも私に首をしめろとでも。」絶句する母に向かってさらに私は言葉を重ねた。「さあ、どうなの。殺してほしいの。」母はちがうと手を振り「そんなことをしたらあなたは刑務所に入らなくてはならない。」それが分かっていてどうしてこうも毎日同じことをいうのかと私は責めたてた。母は泣きそうな顔をしてそんなにいつもいっているのかと問い返すのだった。「いっているわよ。日に二、三回。私はもう我慢の限界にきた。死にたいという人の介護はもうしませんからね。」

ふと気がつけば母が涙をこぼしている。日に数回死にたいといっていることを意識していない母がいるのだ。まともにぶつかる私が悪いのだとすぐにさとった。聞き流しハイハイといっていれば母の気がすむものを。ジャリジャリと砂をかむ思いでケンカを切り上げた。後に残るのは自責の念と寂寥感。３年前に腹を立てないときめた私だったのに…。

年が明けた。母に年賀の電話が入ってくる。耳の聞こえない母は大きな声で自分のいいたいことのみいっている。「永生きしてますが、あきらめることにしました。」どこかこの言葉、母を見守る私をうっとさせるのだった。

（２００１・３）

2　二人の母を介護して

二人の母を介護して

98歳の母に加えて88歳の姑も我が住吉台のマンションにやってきた。さして広くもない住居の南側の一室にベッド二台を入れ、ポータブルトイレを設置すると、まるで二人部屋の病室みたいになった。もう2カ月になろうとしている。私は想像以上に多忙になってしまった。でも幸いにも私は元気。

98歳の母は耳が聞こえない。両大腿骨骨折を克服して杖なしでも歩けるようになったその努力にはただただ頭が下がる。けれどこの自信が時折私を苦しくさせる要因にもなってしまう。88歳の姑は、昔はそれが支えであったはずの長州女の誇りを、ここ1、2年でさっぱりと洗い流し、おとなしい可愛い童女に変身してしまった。この二人の対照が実に面白く少しおかしい。

母は何もかも几帳面で前日の晩、翌日着る洋服の点検をし、そして朝を迎える。手伝うことは彼女の誇りを傷つける。洗面をして薄化粧をして朝食につく。食事が終わればすぐトイレ。新聞に目を通し、テレビの「みんなの体操」から彼女の一日の日課が始まるのだ。姑は私がちょっと目を放すとネマキの上に服を着る。注意をするとクスクス笑っている。承知で不精をきめ込んでいるらしい。アッという間に食卓につくので、「トイレ」「歯みがき」と私は姑の前に立ちはだかる。

出たとこ勝負の彼女だから次なる行動を早くキャッチするのが彼女を介護するポイントになる。だから姑がトイレに入ると私はパッと一緒にすべり込む。おだやかになった彼女はニタと笑うだけで出ていけなどと決していわない。私は気位の高かった彼女の昔を思い、追い出されないことに礼をいう。ある日母の洗顔と姑のトイレが重なってしまった。耳の聞こえない母にはトイレで二人が悪戦苦闘していることなど耳に入らない。洗い終わった母は何故かすべての電気を消して私の叫び声などどこ吹く風と行ってしまった。真暗な中、姑を制して電気をつけにいくうらめしさ。

耳の聞こえる姑は私の留守中にかかってきた電話を取ってくれる。見事な応対に相手は何の不審も感じない。でも帰宅した私にそれを告げるのは母だ。「電話かかっていたわよ。三回」姑に聞いてみると「いいえ、かかりません。」宅急便も然り。受取ってくれるけれどすぐ彼女は忘れる。玄関のチャイムは聞こえないけれど荷物が来たことを覚えているもう一人の彼女。かくしてつじつまがピタリとあい、二人は結構うまくやっている。

（２００２・１）

ケアハウスは増えたけれど…

先日、NHKの「クローズアップ現代」で「介護で変わる痴ほうの高齢者」を見た。奈良のある特別養護老人ホームでやり始めたユニットケアのドキュメントである。ここでは入居者の全員に個室が与えられ、家で着ていた洋服、使っていた家具、食器が使えるのだ。食事は皆で食卓を囲んでする。そこに出来たての熱いものが運ばれてくる。スタッフも一緒に食事をする。施設に家庭を作ろうとする試みであった。私の理想とする形がそこにあった。

99歳になった母は昨夏の3カ月をある施設で過ごした。滞在2カ月頃から、母の「家へ帰りたい。帰りたい」が始まり、私は困った。家には出産後の娘一家が来ていて寝る場所もなかった。それが分かっていても帰りたいという母の気持は四人部屋の臭気と食事にあった。歯の悪い母にとって食事はすべて固く、ふりかけひとつの持ち込みも禁止であったので、母は常にお腹を空かせていた。食べ物をきざみ食にしたくないという母のこれをわがままというべきか。

88歳の姑も同じ頃、地方のケアハウスに入っていた。こちらは経済的問題がないので個室に入り、応接セットまであったそうだ。ここを出たり入ったりで6カ月間以上入所していた。いいことづくめであったはずなのに、姑は家へ戻った時、大喜びしたという。姑は家庭のぬくもりがほしかったのだろう。

高齢者にとっては個々の事情がどうであれ、今の施設はかくも住みづらい所なのだ。どんなにお金をかけて、いいと思われる所にはいれてもこの姑の反応だ。今二人の母は私たちと狭いマンションに住み、とにかく家庭の雰囲気に包まれている。私と耳の聞こえない母は時折大声でケンカを始め、それを聞いて姑は大急ぎでベッドに走り、ふとんをかぶる。それでもここがいいらしいのだ。母とてしかり。夕食にぐい呑みでお酒を飲み、遠慮会釈もなく、やれ甘い、やれ辛いと言っている。

テレビはさらに、スタッフと入居者のコミュニケーションのあり方を探っていた。スタッフが、ボロボロになるほど自分の心を開くことが介護の秘訣と言い切っていた。そして、スタッフとボランティアの増員が早急であると締めくくっていた。心底共感を覚えることであった。私も自分の涙とボロボロになった心を思い起こす。

さらに私が言いたいことは、これをケアハウスや行政にのみ押しつけてはいけないということ。まず、本当の家族がぎりぎりまで老人と関わり、その上でケアハウスと手をつないでいくことが大切と思う。老人問題に「楽なこと」は決してないと思う。家人がそれをいつも頭に持っているかもっていないかだけでケアハウスのスタッフの人の心も軽くなったり重くなったりする。スタッフと家人はシーソーにのる二人だと私は常に思っている。

（２００２・３）

キャーッ・バトル

二人の老母が同居して3カ月がたった頃のこと。新年が落ち着きを取り戻し、あちこちでバーゲンが始まった。不景気の中、衣料品の安いこと。私は二人にセーターを買った。母にはブルー、姑には紫色。ヘルパーさんが仕事を終える時間を見計らって帰宅、玄関の戸を開ける。姑は耳ざといからすぐに飛び出してきて、買物袋をいそいそと持ち運ぶ。その表情がいつもと違って嬉々としていた。

母は机にすわって、東京に住む私の姉たちに手紙を書いているところ。「おかえり」と顔も上げず声だけで言い、「今日、おばあさん一回も眠られないわよ。」その言い方がいかにも「言いつけ」風だったので私はハッとなった。「どうしてそんなこと言うの。眠っても眠らなくてもどっちでもいいじゃない。」私の言葉が言い終わるか終わらないうちに姑が突進してきた。母の肩を軽くたたいて、「私はいつも寝たりしていません。」怖い顔で母を睨んでいる。「言いつけ」は毎度のことだったので、私にはついにの感があった。あわてたのは私。母には何も聞こえないけれど、彼女の怖い顔は見えたはずだ。

私は急いでバーゲンのセーターを取り出して二人に渡した。「この色どう?」と姑に、母には耳元で「着てみたら」と言う。おしゃれ好きの母はすぐに鏡の前に行き、早速試着にとりかかった。その間にお茶の容易をしてヤレヤレと一息つく。三人でお菓子を食べ、姑に夕食まで間があるから寝たらと促せば、待っていましたとばかりにベッドに行き、もぐり込んでしまった。ひと寝入りしたらすべてを忘れてしまう姑だ。1日16時間は睡眠時間が必要な人なのだ。〝静〟の姑に比して〝動〟の母にはこれが理解できないので私は困る。姑は多分眠たいのを我慢したのだろうと思う。留守番くらいはしたいと思ったのだろう。だから私が帰ってきた時、嬉しそうな顔をしたのだ。

母を連れて別室へ行き、私のお説教が始まった。私は実母と姑の間に立つ娘になってしまう。それが問題なのだ。ケアハウスなら介護士さんで済むものだけど。

「お母さん…」私のしばしの沈黙。「どうして人は人、自分は自分でやれないの。二人とも施設がいやでここにいるのだから、仲良くしてくれないと。」姑はアルツハイマー的痴呆という病気だけれど、感情が正常だから、母の言いつけはこたえるのだ。母の顔がゆがむ。「私から言えば、私は耳が聞こえないのよ。かわいそうと思ってほしいのよね。」

『石屋は石屋を憎み、パン屋はパン屋を憎む』ということわざがあると、つい先日親しい方から聞いたばかりの私は、天を仰いだ。二人の介護をしようとする私は間違っているのかしらと。

（2002・4）

ビデオを愉しむ

若い頃から映画が大好きだった二人の母たち。そんな彼女たちのために、よくビデオ屋さんに行っては興味のありそうなものを物色して借りてくる。私自身が母たちに負けない映画好きなので、これは私にとっても愉しい時間帯なのだ。母たちはやはり古いものが好みだ。テンポがゆるやかで分かりやすく、既に観たものに対してはなつかしさが加味して、本当に喜ぶ。

随分沢山のものを三人そろってみた。一番二人の母に人気のあったものは「第三の男」。終わったら姑は手をたたいて面白かったことを表現した。「ローマの休日」「カサブランカ」「哀愁」チャップリンの「街の灯」「ライムライト」、古い方の「ジェーン・エア」「嵐が丘」。まだまだあって「モロッコ」「会議は踊る」「ガス燈」等々時間を忘れてみていた。姑は「サウンド・オブ・ミュージック」が特に好きそうだったので二、三度借りてきた。耳の聞こえない母には字幕つきがよく、姑にはふきかえが好ましい。母が最も好んだのはキャサリン・ヘップバーンの「旅情」。ベニスの風景に目を細めていた。それから、ヴィヴィアン・リイの「欲望という名の電車」。これがまた母のお気に入り。気に入ったのをみている時、お腹が空いてくると、立ち上ってお菓子の箱から何かを取り出し「昔よく立見で映画みたわね」などといいながら、立食いをして目を画面から放さない。

こんなある日、ドイツから友人のアクセルがやってきた。彼もまた映画好きで私とあれ観たか、これ観たかの話になる。題名がドイツと日本では変わっているのがあるので、こういう場面があってと説明を入れていくと、突如互いに「分かった。観た観た」となるのだ。彼は最近みたビデオの中で、一番よかったのはこの映画だったと語り始めた。私はすぐにそれが「愛人・ラマン」だと分かったので、共感の気持を伝え、急にもう一度みたくなってきた。早速ビデオを借りてきて二人の母とみた。居間は映画館になり、電話は留守電に切り換えてしまう。

ラマンが始まった。インドシナを舞台にフランス人のまだ少女の面影が残る娘と、大金持の中国人の大人の、最初はお金目当てのことが、本当の切ない愛に変化していく、その過程の恋のお話。私は以前にみていたけれど個々のシーンを忘れていて、大変なセックスシーンが出てくる度に少しあわてた。大丈夫かなあ、二人の老母たちである。気がつけば二人ともシーンとして画面を凝視している。

「ごめん、すごい映画だわね。アクセルが好きなんだって。」アクセルのせいなどにして私は悪い。ところが姑は「たまにはいいです」と。姑はトイレこそまったく駄目だけれど、心はこうして生きていていうことも的を得ている。嬉しくなった私は「そうよね」と相槌を打つ。映画が終わったあと、母の方はヤレヤレというような顔をしていた。母はこういう映画が照れくさいのだ。いつも黙ってしまうのでそれがよく分かる。

この映画はしかし、姑にえらい波紋を引き起こしてしまった。2、3日してから彼女がショートステイに行った時のこと。例のアクセルや他の友人たちと中華料理を食べていたところ、ケイタイが鳴った。ショートステイ先からで、姑が家に帰るといってきかないという。急いで病院にかけつけてみれば、婦長さんと手をつないだ姑がロビーにいた。その日がショートステイの最終の日だったので、別に構わなかったけれど、どうして私が迎えに来るのが待てなかったのか聞いてみた。

「なにかあったの？　おばあちゃん」「大変なことがありました」。訝しがる私に彼女は真剣な面持でいうのである。「変な男の人がきて、女としてしてはならないことをさせられました」。まさかと叫ぶ私の頭に、ラマンがうかんで来た。ラマンの幻想に違いない。しまったと思ったけれど、後の祭り。ひと眠りすると、前のことは忘れてしまう姑がこんな場合大いに助かる。

私はアクセルにいいつけた。刺激が強すぎたわよ。アクセルはちょっと笑って「あのね、僕はメコン河の夕陽の美しさに感動して、いい映画だといったのサ」というのであった。

（2002・5）

老母たちの昔がえり

二人のケンカを境に私の気持の中に、何かしら今までと異なった感情が生まれ始めた。今の今まで、私は自分のしていることを悪いこととは思っていなかった。施設が嫌いで逃げてきたのだったら、少々のことがあっても娘や息子の家で我慢してくれるにちがいないと思っていたのだ。それが私の思い上がりなのかもしれないと、天をあおぐ私の目に、暗い雲がしのび寄ってきた。

たとえ借りてきたビデオの「第三の男」を夢中でみる二人であったとて、今は頭の中も心の中も昔の母たちではなくなっているのだろう。その昔、仲のよい友人であったのだけれど。私は否応なしに二人の生い立ちの違いとその後の環境の違いを思わないわけにはいかなくなってきた。

母の几帳面さは幼い頃からの躾の厳しさによるものだ。東京は小石川の大きな屋敷で、書生さんに囲まれて暮らした生活。白百合学園に通い小学生の頃からフランス語を習っていた。九人兄妹の長女であればさぞかし威張っていたのに違いない。彼女の血液に裕福と身勝手があっても不思議ではない。

姑は萩の菊ヶ浜で育った。大らかな自然の中でゆったりとのんびりと。彼女の静けさは天気のよい日の日本海。けれど日本海同様、本当は強くきつい。都会育ちと田舎育ちの二人が結婚した人は共に教育のある人だった。そして戦争。苦しい日々の後、母は実家の富と夫を失い、たちまち極貧の中に沈んだ。中国からの引き揚げの姑は、戦争の傷は母と同じだけれど、夫がいた。生活の緊張感という面だけみれば、母には心からの休息は許されず、姑は、生まれた時のまま大らかにしていることが出来たのだ。

その母は最近は私をメイドさんと思っている節がある。クリスマス、お正月、お中元、お歳暮など彼女には貯金など皆無なのに、誰かれに何かをと注文をつける。私に対する物の言い方は命令調だ。これはきっと母の昔がえりのひとつなのだ。姑の方はますます何もしなくなった。日々言葉を失っていく彼女はついに物も言わなくなって、ただパントマイムが上達するのみ。すべてが面倒臭くなってしまったらしい。時たま出てくる言葉は私が今まで聞いたことがなかったものだ。「何もわからん」「そうじゃろ」。二人の老母は、それぞれの幼い頃に向かって違う道を歩き始めていることをつくづく思うこの頃になった。

昔がえりを始めた老母たちを、同じ部屋で寝起きさせて、娘または嫁の私が介護をすること、これはやっぱり無謀なことなのかもしれない…。

（2002・5）

アルツハイマー的痴呆という病気、でも心は生きている

発端は阪神大震災にあったと私は思う。あの時、家の中で娘をようやく娘の部屋から引っ張り出し、私たち三人はすぐ車を走らせて5分ほどの姑のアパートにいった。ドアをドンドンたたき、大丈夫かと問う私たちに、姑は小さな声で「ハイ」といい動けないという。私たちはすぐ家に引き返し、姑の鍵を探した。鍵をぶらさげていたあたりを物色するのだけれど、足の踏み場もない物の散乱で、暗闇の中、懐中電灯でやっと姑の鍵を見つけた。外は白々と明けてきて、その静寂の中、遠くの方で一筋、また一筋と煙が上がり始めているのが見えた。はやる心を押えてまた姑の所にとって返し、部屋に入ればこちらも同様、何もかもがひっくりかえっていた。

姑はベッドに寝ていたが、その上にタンスと本棚が倒れかかり、互いが互いを支えていて、その三角の下に姑は横になっていた。ぞっとする風景で、その彼女をひっぱり出し家に連れてきた。あまりのショックに姑はほとんど口をきかず、毛布にくるまって横たわってしまった。私たちの猛然とした働きを見るともなく寝ていた。我々の住む山の方はその日の昼頃に電気がつながり、テレビをみて神戸の惨状に身ぶるいをして、テレビの前に立ち尽くしていたけれど、

姑はぼんやりとして現状が分からないようだった。これを私たちはショックからくる一時的なものと思っていた。

水がない生活ではどうにもならず、新幹線が走り出したと同時に、姑を親類の所に預かってもらおうと私たちは新大阪に向かった。その途中の道々、何度息をのんだだろう。これほどの惨状とは山の方に住む私たちは思っていなかったのだ。

新大阪駅に着き、すぐ出る新幹線をみつけた。私は日頃に似合わず、力が湧き上っており、切符売場で叫んでいた。「すみません。神戸の東灘区からきたものですが、姑を新幹線に乗せたいのです。先に切符を買わせてもらえますか。」かなりの長い列だったのに、その時の人々の行動は素早かった。いっせいに誰もが早く早くと順番をゆずってくれ、私はすぐに切符を買うことが出来、姑一人を新幹線に乗せて、私たちは今来た道を何時間もかけて、遺体搬送車にはさまれながら帰ってきたのだった。

しかし姑は、元の生活に戻ってもあの時の状態のままになってしまった。水は出るのにいつのまにか顔も洗わず、お風呂は大嫌いになってしまった。姑がお風呂に入っていないのが分ってからは、我々の家ですすめるのだけれど、それも駄目。「昨日入りました」と逃げるのだった。

娘と嫁の違いがマイナスに働いたのも確かである。私は姑が口ぐせのようにいう「結構です」という言葉を信じ、あまり彼女の生活に手出し、口出しをしなかった。それでもある日、冷蔵庫をあけてみて、お茶碗に食べかけのご飯が残っていて、おはしがつきささっているのをみた時、事の深刻さにやっと気がついた。

すぐに病院へ連れていったところ、過去に軽い脳血栓の跡があること、そして脳の萎縮が始まっていることを指摘された。この頃の姑はいつも機嫌が悪く、おだやかな性格だったのに怒ることも増えていた。そして月日は過ぎ私は二人介護を決心したが、その前に姑をまた病院に連れていった。この時には既に病名がつき、アルツハイマー的痴呆の中という。進行を遅くする薬があるけれどもと教えてもらったが、皆で相談して自然にまかせることにした。

その頃私は、親しい友人に助けてもらって姑の生まれ故郷、萩に一泊二日の旅をした。乗り物に弱い私はほとんどグーグー寝ていたのに、姑は一度も眠ることなく、景色をながめ、言葉こそ発しないけれど、嬉しそうでおだやかで、友人も私も幸せになった。ホテルでは飽くことなく萩の海をながめ、実家の墓に至っては、姑の案内で私たちはおまいりをした。その時私はつくづくと思った。姑の心は生きている。痴呆、痴呆というなかれ。心はこんなにも生きていることを人は知るべしと私は自分の心の中で叫んでいた。

姑が一番嬉しい時は曽孫を迎える時。おとなしい性格だから決して自ら手を出して抱こうとはしないけれど、皆が抱いたりさわったりするのが終った頃、1歳にまだ遠い二番目の曽孫が誰にも注目されずころがっていたりすると、そろりそろり姑はいざるが如く近づいていって、膝に乗せようと懸命の努力をしているのだった。そんな時の姑が私にはいじらしく、手伝って膝に乗せたりすると、とてもいい顔で笑ってくれる。

4歳の曽孫が積木やおもちゃにあきて、他の遊びを始めたあと、きれいに箱に入れるのも姑の好きなことで、彼女をみていると、田舎の昔の年寄りは皆こうだったのだろうと思われてならない。こんなよいひとときがあっても、翌日は何もかも記憶には残っていない。でも楽しかったこととの思いは心のどこかにきざまれると思うし、反対にいやだったこともまた、心のどこかに影を落とすことだろうと思うのだ。極端なほど、人見知りが強く怖がりな性格ゆえに、家庭で守られていたいという思いが強い姑を思うと、もう少し家にいたらいいと、私は思ってしまうのだ…。

（2002・6）

3 母から娘へ、娘から母へ

母の苦しみ

二人介護のむずかしさは、二人の容体が極端にまで違うことにあると、だんだん分かってきた。耳のほとんど聞こえない母は、テレビを見る時、イヤホーンをつけるので、母用の小さなテレビがあって自分の部屋で見る。姑の方は大きなテレビで家人と見ている。単純に考えても女の私は、いじわるをしているみたいな形かなとちらっと思ったけれど、テレビを見ている時間はその世界に没頭しているから、まさかひがみにはつながらないと思ってそのままにしていた。でもこれなども私のうかつさのひとつで、母は羨ましい気持を押えに押えていたのだ。

姑はトイレのドアなど平気でそのままにして、電気もつけず用をすます。行儀の良い母にとってはどうにも我慢のならないことで、私に「なんてことなの」といいつけにくる。私は姑に何もいわない。いずれそれも一人で出来なくなると思っている私は、出来るうちは放っているだけのこと。母はそれを私のやさしさととる。

同じ部屋に二人のベッドを入れていることで、いくらなんでも言語道断のやり方という人もいたけれど、さりとて一人一人に部屋を当てがうほど、広いマンションではないし、二人ともケアハウスに入るのがいやで、家庭のぬくもりがほしくてここにいるのなら、これで大丈夫と私はたかをくくっていた。ケアハウスの場合、たいてい四人部屋だもの。動き回っている母と寝ることの多い姑と、両極端だからなおさら大丈夫と私は思っていた。

さてベッドを入れる時、どちらを窓側にしようかどちらを入口側にしようか、私はあまり迷わなかった。母が東京で、母の大好きな小さな庵に住んでいた時、冬、陽が射さないことだけを嘆いていた。私はサンルーム付きの部屋で寝起きをしていたので、お日様の話になると私の胸はシクシクと痛んだ。だからサンルームに母のベッドを置き、入口に姑のベッドを入れた。母には羽毛だけの上等なふとんをローンで支払い中であり、姑にはまたその内にと一応羽根ぶとんだけど、少し固いもので我慢してもらうことにした。

母はある日、かなりきつい口調で「私のふとんもちゃんとなおして。あちらのおばあさんのように」といった。これは難しい注文でふわふわの羽毛ぶとんはどうしようもない。説明しようかと思ったけれど、大きな声で叫ぶのは私も疲れるし、姑にも全部聞こえてしまう。私はパッパッと羽毛ぶとんをたたき「ハイ出来た」とその場を去った。母の心のわだかまりはとれていなかったことに、私は気がつかなかった。

母は第一にサンルームに不満があった。いくらサンルームでも床は板である。あちらのおばあさんはタタミの上で、私は板の上よ。姉から母がそう手紙を書いてきたと聞いた時の私の驚きと嘆き。別の人からは、奥と入口ではどの位、家人に近いか遠いかも関係するのではないかといわれて、これまた私の新しい発見。老人とはかくも私とは別の考え方をするのだと思い知らされた。またしても母の心をのぞくのに怠慢な私がいた。

姑は言葉をほとんど出さない。それを私は嫁に対しての遠慮もあるだろうと推察し、彼女のおとなしさを時にいとしく思うことがあった。姑は耳がよく聞こえるけれど、多くの事が一人で出来ない。靴下をはかしている娘を母はみたくないという。娘が不憫というのだった。これは私の親切ややさしさではなく、私のめんどうくさがりが、手早く靴下をはかせているのにすぎないのだけど、母には分かってもらえない。姑との会話もしかり。頭の病気の人には誰も真から怒らないかわり、複雑な会話も交わさない。耳のきこえない母にはこのあたりの機微はわからない。とうとうある日、母の口から本心のうめきが出た。「あなたは、あちらのおばあさんにばかりやさしい。私にはつらく冷たく当たる。」思いもかけないかった母の言葉に私は絶句した。母の心象風景の暗さの前に私は言葉を失い茫然自失した。さらに母は「耳さえ聞こえたら」と嘆きだした。今まではあるものに感謝し、きれいに年をとったとほめてもらえた母だったのに。耳が聞こえないことが、耳のよく聞こえる姑と一緒に暮らすことになって、母を傷つけ悲しませ、母をシットのかたまり寸前にまで追いつめてしまっていた。

（２００２・１）

母から娘へ、娘から母へ

母と姑が一緒の部屋で寝起きするという日々が5カ月目に入る頃、二人の間は抜差しならぬほど悪くなってきた。姑は口をほとんどきかないけれど、耳はよく聞こえるし、たとえ1分後にはすべてを忘れる病気であっても、その瞬間、瞬間の出来事や内容は理解している。私のように介護する立場になって姑をみれば何も腹は立たないけれど、やっと一人で歩けやっと生きている、姑より10歳年上の母には、どうしても姑の状態が理解できない。この頃の母の苦しみには相当なものがあった。

根本的には明治の生れゆえに、嫁にやった娘の所にいる自分は姑に対してひけめがある。そこへもってまず耳が聞こえず、足も思うようには動かない。いくら第三者が頭の方は大丈夫ではないのとなぐさめたところで、表面、どこも悪くないように見える姑の様子から、母は痴呆という病が理解できない。姑が私の役に立つ時、母の苦しみは倍増する。例えば玄関のチャイムが鳴り、宅急便の荷物を取りにいく姑に母は腹を立ててしまうのだった。ドキドキするほどくやしくなるというのだ。新聞を読んで面白いことが書いてあったから、姑に見せたけれど、なんの反応もないのは、私がお嫌いなの？　とくる。

母の情緒不安定は次第に増してきて、私に向かって攻撃の矢を向け出した。あまり変なことをいいだす母に、私もむっとして思わず母をにらんでいた。「私の目をあんな風にのぞき込まないで」と母にいわれた時、私もすぐに気がついた。私の目の中には明らかに母を非難し、これが老いなのかとあきれはてた見方をしている自分がいた。「あなたは気難しい。お父さんに似ていていやだ」の言葉が発せられた。これはきつい。ここまで母の心は荒れだしたのだ。

姑がぐっすり眠っている時を見計らって、私は母を別室に連れていき、どんなに母を大事に思っているかを語りつつ、姑の病気に対する理解をうながした。そして母と私の間に、「連絡帖」を作り、思ったことをお互いに書いていこうと提案した。母はめんどうくさそうだったけれど、やってみるといった。

某月某日　母より

一番大事な大事なさっちゃんに、一番一番世話になっているさっちゃんに、どうして私は嫌味を言うのでしょう。私はボケてないつもりがやっぱりボケて何もわからないのでしょうか。どうぞゆるして下さい。つらい目ばかり合わせているので死んでしまいたいけれど、一層それは許せない事と、それだけは我慢しています。変なおばあさんになって死ぬのでしょうか。悲しいわね。つらいわね。神様、昔の私に返して下さいませ。生がまだあるならお願いです。ここにいていいの、悪いの。

返信　さつきより

ここにいたらいいのよ。私はここにいてほしいのです。もう少し、のんびりニコニコしていてほしいのです。あんまり気を使わないでほしいのです。100歳にもうすぐのお母さん。もうもうこれで十分ではないですか。ゆっくりのんびりしてほしいのです。私が気難しいっていうけど、私はごくごく普通な元気一杯のケラケラした人間ですよ。お母さん、私をもう少しいい感情でみて下さい。

某月某日　母より

私が何か口を開くと、あなたの気持を逆なでするみたいで、もう口をきくまいと思うのにまたすぐなんかいってしまうのです。張のお母様のようになりたいです。いつもいつも眠そうで黙っておられるし、誰も傷つけずにおられるし、羨ましくてなりません。感情がなくなったら、人間らしくなくなったらいいのかもしれないと思うけれど、どうしたら静かに生きられるのでしょうか。教えて下さい。神様、もう死をお与え下さいませ。贅沢なお願いでしょうか。100まででどうしても生きなければならないのでしょうか。大事な大事な娘たちを悲しませてまで。喜ばせたいのに。これが贅沢なお願いでしょうか。

こういう事が連絡帖に書いてあると、私はなぐさめる言葉に困った。母は気持を文字にすると、余計な愚痴が昇華されて優しくなってくる。そして私は母の文の前で、母の言葉にまいって腹を立てた自分を責め、その度反省して母をあわれに、気の毒に思うのだった。

母は、以前から東京育ちの人の常か、直接的なものいい方をする。それが95歳頃からいちじるしく激しくなった。ささいなことで、時には母のもののいい方に大爆笑することだってあるけれど、でもあまりの率直さに、怒りで席を立つ人もいないわけでもない。かわいいのもあった。二人の曾孫が来るというので、嬉しくてずっと待っていた母。やっと玄関に入ってきたのが、ようやく1歳になった野乃花。即座に母「なあーに、この子。真面目くさった顔しちゃって。まあなによこれ」ここで兄の4歳になる草雅が怒った。「ばあちゃん、野乃花ちゃんはくさってなんかいないよ」

私を悩ます母の言葉は、老人の繰り言と聞き流せばいいものを、私も悪いのだ。カレンダーに「聞き流せた日」には赤丸印を入れて自分を叱咤激励していても、カッとなったりしょんぼり傷ついたり、ここが親と子のむずかしさなのだろう。でも母の年齢を思えば、一にも二にも、私はゆずらなければいけない。母の愚痴の最も多いものは、耳が聞こえないこと。次によくいうのは生きていることに飽きた。日に一回は問う言葉に、ここにいてもいいの。文字に書けばあわれなのに、質問のわずらわしさに、私は時々「もういわないで」と大きな声を出してしまう。

母の苦しみはとうとう、夜眠れないことに発展してしまった。否、眠れない病は母の日常の事だったから、薬を飲んでも飲んでも眠れない状態になってきたというのが正確なところ。私は自分が就寝する前に、必ず二人の母を見て床につくのだけれど、母は寝ていることがほとんどだ。でも朝一番、「全然眠れなかった」というのだった。不愉快な一夜が明けて、母がすぐ目にする光景は、私が姑の着がえを手伝っている様なのだ。

某月某日　母より
あなたは張のお母さんにやさしいのね。くつ下まではかせているもの。私にはきついことをいうから、こたえるのよ。

返信　さつきより
ちがうのよ。張のお母さんは、くつ下がはけないのよ。本当よ。私、こんなに一生懸命しているのに、公平にしているのに、もう二人介護はやめようかな。困りはてています。

某月某日　母より

さっちゃんを困らせるなんて思いもよらぬこと。昨日は二人で散歩して、手を引いてくれて嬉しかった。足が痛くて痛くて我慢しながら手をとってもらうのがありがたかった。98歳にならないとこの気持は分らないと思います。体がいうこときかなくなってからは、考えもいろいろ変わるらしく、自分がいやになります。どうにもならない体が唯々うらめしいです。張のお母様のことは、一切関係しないことにしますから安心して下さい。一人ぐらしで勝手していて、変な人になったみたいではずかしいです。私のお誕生日のお祝いに大勢招んでくれるんだって。あなたがくたびれてダウンしないかと心配です。大丈夫なの。なんといってもここの家で一番大切な人はあなたですよ。気をつけて働いて下さいね。

母と私は、こんな連絡帖をつけあって、月日を凌いだ。母にとっても、私にとっても、かなりエネルギーを必要とするしんどい日々であった。周りからも善意に満ちた、けれどいささかの好奇の目も感じていた。私たちが意志を持ってやり始めたことだから、決してため息はつけない。遠まわしに、やっぱり無理だったでしょうといわれるのが一番つらかった。

でもまたふと思う。今、私は何年も続けていたドイツ語の学習をやめている。だからそのドイッ語を始めたい。パソコンもちょっとやってみたい。これでポルノ小説を書いたりして。ヨガも結構面白かったし。そんな風に一杯欲望はある。でも、二人の老いた母が、家庭が恋しいといっている。二人を介護することと、自分のしたいことをすることと、天秤に掛けてみる。私の人生がたとえば明日限りという時、充実感はどちらにあるか。答は明確だ。二人の老母を助けることの方が、私にとっては私が生きた価値になる。そう思うと私自身は再び元気になるのだけど、母の苦しみ方には闇を感じて切なさが増す。

（2002・2）

母、ついに特養に入所

母の98歳の誕生日が楽しくすぎ、生活は規則正しく動いていた。月曜日のデイケアに二人の母はそろって機嫌よく出かけていく。そしてヘルパーさんとの食事や、散歩。そんなある日、家からさほど遠くない所にある特別養護老人ホームから電話がかかってきた。入所が可能との知らせであった。ここは2、3年ほど前に、姉たちの強い意見で、いつの日かのためにと申し込みをしていたところであった。電話を受けた時の私の複雑な衝撃。

入所はまだまだと半分はあきらめていた特養ホームである。母と私との葛藤の日々を、誰かに全部見られていたようなショックでもあり、神様がどこかにおられてすべてを眺め、救いの手をさし出されたような感じでもあった。

東京にいる二人の姉たちは、妹一人がする労力に心の負担を持っていたので、この知らせに歓声を上げ、早速そろって飛んできてくれた。当の本人、母もあわや心の病にかかりかけていたので、この知らせには喜んでくれた。

一人腑甲斐なかったのは私である。姑も一緒という予想もしていなかった二人の在宅介護を、私は決して嫌っていなかったのだから。施設がいやで家庭を望む二人の老母を、私は微力ながらも支えてあげたい。施設並みの二人部屋位の広さはある部屋だから、ここを二人の老母が施設と思ってくれたらすむことだからと、私は単純に、簡単に考えていたのだ。だから、「大変でしょう」と言われると、私は急いでその話題を遠ざけた。大変と肯定したならば、私はまるで得意満面で人からほめられたくてやり始めたみたいではないか。そうではなくて、私は本当に二人の年老いた半病人に手を貸したいだけのこと。でも、私は大間違いをしてしまっていたのだ。二人は二人一緒ではハッピーではない。私はともかく二人が幸せではない。それが分かりかけてきた時の入所可能の知らせであった。皆が喜ぶのが当り前の話。だのに私の心は一向に晴れなかった。

心の準備などのひまもなく、特養から年若い、感じの良い職員の方が面接にきて、まもなく入所決定の報せも入った。姉たちにはげまされ、入所に必要なものを取りそろえ、あらゆるものに名前をかいた。母には、好物のイクラや、鯵のたたきやら、そら豆を急いで食べさせた。そしてもちろん、オチョコ一杯のお酒。

特養ホームに申し込んでいたことと、姑の同居は関係ないのだけど、形としては98歳が出ていき、88歳が家に残る。母の入所をいつの日かはと思っていた私なのに、いざとなると妙に淋しい。心がキシキシと悲しみの音を立てていた。春は名のみの初春、母はホームに入所した。

（2002・3）

母のホーム

母が入った特別養護老人ホームの広々とした前庭にはちらほらと花が咲き始めていたけれど、あれはレンギョウだったのかしら。正面玄関のプランターには菜の花がほころび始めていた。玄関を入ると、靴拭きに、〝おかえりなさい〟〝いってらっしゃい〟が記されていた。目を上げると大きなミッキーマウスの女友達がこちらを見て笑っている。広いロビーでは、あちらこちらで入所者らしいお年寄りと面会人らしい人々がお茶を飲んで談笑していた。奥の方にはグランドピアノが見える。二階までの吹き抜けがホームをこんなに明るくしているのだと実感できた。

母のベッドは、二階の四人部屋で窓に面していた。ホームは住宅街にあるので、ここならば母も地面が見えて落着くだろうと思った。私のマンションからは海と空が広がっていくばかりである。ベッドの左右に本棚、引き出し机、テレビ、それに小さな洋服ダンスがそろっていた。ここなら母も気に入ってくれるのではないかと、おずおずと母を見る。まんざらでもなさそうな顔が少し笑っている。私は半分ひと安心であり、それでも半分は、まだこんなに元気なのに私はもう母を手放そうとしているのだと、自責の念にギュウギュウと心が締め上げられていた。

何しろ私には、5歳の時から母にのみ育て上げられたという弱味がある。救いは、次々に現れるスタッフの人たち、それに先住の人たち、皆さんニコニコ顔で親切なのだ。

荷物をしまい花を活け、母に「これでいい?」と問えば「大丈夫よ」と言ってくれた。ありがたい言葉を口にしてくれたと私は涙が出そうになった。スタッフの人がいった。「お部屋ならお酒もいいですよ」母にお酒はどうするのと聞けば、いらない、いらないと笑っている。明日また来るねと私は元気に言い、逃げるように母の部屋を出た。

渡り廊下のソファに、二、三人の入所者の人たちが座っていた。挨拶すると、黙ったままの人、笑い返してくれる人、「あんた、今日入った人のかい…」とさまざまだった。行き交うスタッフの人たちの笑顔にどんなにほっとしたことか。

家に帰ると姑がぼんやりと私を待っていた。ここ数日の、あわただしい家の雰囲気を彼女も十分に味わったはず。夫が帰宅し母親に告げている。「さつきは自分の母を老人ホームに入れ、お母さんを看るのだから、言うことを聞くんだよ。」いつになく厳しい息子の表情と言葉に、姑は黙ってうなずき、少し涙のたまった目で、私に最敬礼をしてくれた。みんなみんな悲しいねと私は心の中でつぶやいた。でもまたすぐに考えなおした。あの老人ホームなら、母にとって、ロングバカンスの始まりになってくれそうだと。老人ホームが母の楽しいロングバカンスの場となるよう私も働きかけるつもりなのだ。

（2002・3）

ホームでの日々

母のいるホームは明治32年にある一人のクリスチャンの女性によって創設されたという。100余年の歴史があるなどとつゆほども思わなかった私はびっくりした。そして真実、嬉しくなった。ホームに流れる大らかさは長い歴史の積み重ねの上にあるものだったのだ。経験による自信は、ある種の自由につながるものだと私はすぐに肌で感じた。誰もが自由に出入りのできる玄関というのは、すごいことだと私は思う。人間への愛と信頼がなければ決して実行することなどできはしない。人間讃歌!! 月に6日の外泊が許されていることは私に嬉しく、入所者に制服がないことも私にはほっとすることであった。さまざまな考え方があると思うけれど、ここには人としての「自由」があると直感した。

母は「ホテルみたい」と、まず広いロビーが気に入った。広々としたお風呂に入り、頭を乾かしてもらい、爪を切ってもらったうえに冷たいジュースが出た時は、「女王陛下だなあ」と思ったそうである。食事の方は母の言葉を借りると「魚は小さな切り身になっているのだけどネ、それがキンメダイかアジかが味じゃなくて姿でわかるのよ。青じそ、ショウガとかちょっとした香りのものも添えてあるの。」入所して1カ月、母は「満足」という言葉を使った。

そんなある日のこと、春の遠足の案内が届いた。メリケンパークまで出かけて、周辺を散歩した後オリエンタルホテルで食事をするとある。私はあいにく用事があって行けないが、東京の姉が付き添ってくれるという。東京から母の遠足のためだけに来るというのも苦労なことだけれど、これは姉妹間の話し合いで決めた。月一回ホームに姉たちが来てくれることで三姉妹の間の物心両面にわたる貸し借りは消却。私は大いばりで姉に母を託したけれど、実は遠足に興味津々だった。東京の姉にとってもメリケンパークはもの珍しく、車イスの母との散策は楽しかったと言う。でも極め付けはホテルの食事と買い物。母はバーベキューを食べたと言うけれど、説明を聞くとバイキング料理。初体験のホテルでのバイキング料理は最高だった由。家族は99歳の母がホテルで食事をするなど思ってもみなかった。介護における素人と専門家の相違を教えられた気がした。買い物好きの母は、ホテルで小さな飾り物やハーブのクッキーなど、かなり買ってきた。ホームでは日頃から少額ながらお小遣いも持てて、母の今なお旺盛な自立心が大いに鼓舞されていた。

その日は姉に連れられて、母は家に戻ってきた。姑にはショートステイに行ってもらい、母は久しぶりの家庭の味を楽しんで一泊してホームに帰っていった。

（2002・6）

エリザベートのように？

母がホームに入所してから、姑のぼんやりが増していった。放っておいたら20時間でも眠っているのであわててしまう。これでは食事とトイレのみで生きているようなもの。母という年上の、仲間の存在がなくなって緊張感が失せてしまったせいかと思われた。かつて二人が競争しているようなありさまや、私を取り合いしている感じがなきにしもあらずだったのが、この姑の今を見ていると実証されているようで、私は苦笑した。

ケアマネージャーさんも姑の様子を見にきてくれ、ポーッとする時間を少しでも防ごうとデイケアに週二回行くことと、ヘルパーさんの来訪の回数を増やして週三回とする。これで様子を見ることにした。とても人見知りが強いから、用心深くこちらも対処しないと、彼女はキレてしまう。私だと姑はすっかり気を許して何ひとつ気を使わなくなってきた。「おばあちゃん、その恰好はいくらなんでもひどすぎる」。私が悲鳴を上げると、ちょっとバツの悪い顔をして笑っている。

若くて元気一杯なヘルパーさんがやって来た。「お風呂に入りましょうね。」ぺたっと姑のそばに座り優しく語りかけている。「きのう、入りました。」姑の入浴嫌いはもう数年来のものとなっているので、週一回と決め、これだけはなんとしてでも入らせてしまう。そこで私の登場。「きのう、入っていませんよ」「おととい入りました」。ヘルパーさんは知らん顔している。彼女は大変明るくちょっとやそっとの否定やわがままに全然めげない。「そうですか。じゃお風呂はもういいですからお散歩にいきましょう」。散歩も嫌いな姑は、「お風呂に入ります。」その頃にはもう丁度いい具合にお湯がたまっているのだ。お湯に入ったら入ったで彼女はなかなか出てこない。いい気持なのか、出るのがめんどうなのか、そのへんははっきり分からない。

ある日の事。食事の用意が大体整い、ご飯をついだところで声をかけた。テレビを見ていた姑は、そろりそろりと立ち上がり食卓についた。おみそ汁をついで姑の前に置こうとした私はあれっと声を上げた。今日はさけは焼いていない。でも姑のご飯の上にピンク色のさけの切り身がのっかっている。「おばあちゃん、これなあーに」のんびりのぞき込みびっくりした。入れ歯がのっかっていた。「やっぱり入れ歯だったの?・」一緒に住むようになって、何回も私は入れ歯ですかとたずねてきた。そのつど少しむっとして「入れ歯ではありません。」姑はそういい続けてきたので、仕方なく私は、朝夕の歯みがきを励行してきたのだった。さけかと思ったのは下の入れ歯で、翌日は上の入れ歯もぽとりと落ちた。

それからは寝る前に、上下はずして清浄し、朝に歯を入れる。洗面所につききりで「上の入れ歯はずして」。姑は素直にはずす。「きれいに洗ってね」「次は下よ」。ここでつまずいた。姑はベロの方を口から出して怪訝な顔をしている。「ちがうちがう、下の入れ歯だして」クスクス笑うから私も笑う。私にとって口の中に手を入れるのは少しこわい。かまれたら痛いだろうと思ってしまうのだ。だから号令をかけるわけ。

トイレの方は母がいた時は、結構一人で出来ていたのに母がいなくなってからは、あまりにも失敗が増えてきてしまった。私はもうそういう時期が来たのかもしれないと思い、トイレの時に紙パンツと布パンツと両方を並べ、「どちらがいい？」ときいてみた。姑ははっきりと紙パンツをさした。以来紙パンツになったのだけど、いつもきれいな状態でいてほしいから、姑がトイレに入ると私もすべり込むという作業は変りなかった。ヘルパーさんとて同じ。おとなしい性格の姑のこういうところは大いによかった。それでも双方にとってそう簡単な話ではない。

先日、京都のデパートで「エリザベート展」なるものが開催されていた。ファンの私としては、いくら忙しくても行くところ。そこでなんと、旅行用のエリザベートのトイレを見てきた。どことなく質素で可愛かった。我がマンションは決して広いわけではないのに、不思議なことにトイレだけは妙に広々としている。だから小さな本箱など置いているのだけど、ここで就寝する前のひとトとき、私と姑の仕事が始まる。1週間に一度の入浴ゆえ、就寝前の下半身の清掃は断固としてさせてもらう。姑はトイレに座り、私はその前に膝をつく。エリザベートのトイレが頭にあった私はごく自然に姑に向かって話しかけていた。「あのねェ本で読んだのだけどね。ハプスブルク家の麗しのエリザベート、知っているでしょう。あの美しい方、トイレに入ってなさる時にこの位足を広げられたそうよ」そういって私は、思いっきり姑の両足を左右に広げた。そして手早く清掃してハイオワリ。

やり取りを別室で聞いていた夫が、大声で笑っている。姑もククク と笑っている。私も我ながら上手くいったと笑ったけれど、内心エリザベートに申しわけないと、心でわびた。

（2002・6）

私の大爆発

なんということをしてしまったのだろう。

アルツハイマー的痴呆という病気を持った姑である。けれど心は生きている。そのことをよく理解しているはずだったのに。

ご飯をきれいに食べて茶碗を空にした姑は、私の方にその空の茶碗を見せてニコッと笑うことがある。そんな姑がいじらしく私は手をたたいてほめ讃える。姑も嬉しそうに笑っている。そんな日が何日かに一度あると、その日はウキウキと身の軽くなる思いがする。でもこんな日々はだんだん数えるほどに少なくなってきてしまった。

この日、姑は一日中不機嫌であった。こわい顔をして何ひとつ物をいわない。私も慣れっこになっているとはいえ、朝から私一人でいただきますをいい、二人で食事をし、また私一人でごちそうさまをいい、姑の終わるのを待つ。テレビをみていた姑に、何を話しかけても物はいわず、時折イヤイヤの表現の手を振るのだ。昼食も夕食も同じことの繰り返し。就寝前の一連の作業をおえ、おやすみなさいと私一人で口に出し、姑をベッドに寝かした。

そこへ夫が帰宅した。その時突然、自分でも思いもよらなかったことが起きてしまった。

「おばあちゃん!!」私は大声を出していた。「ホームがいやで一緒にここで生活しようと思うのならそれなりの礼儀が必要ではありませんか。1年前にここにいらした時は、ちゃんと頭を下げたり、笑ったりしていらしたでしょう。今日のその不遜な態度はどうしてですか。どうしておやすみなさいといったらおやすみなさいといってくれないのですか。他の人にはいえてるじゃないですか。電話ではおしゃべりが出来ているではありませんか。4歳の草雅もいいます。0歳の野乃花にも挨拶を皆で教えているでしょう。人間は挨拶をし合うものです。私だって傷つきます。おやすみなさいといって下さい」

夫は私のすごい剣幕を耳にして、玄関から怒鳴ってきた。「その通り。おやすみなさいをいって下さい」

あわれな姑はびっくりしたようなおびえた顔で、「おやすみなさい」をいった。そしてふとんを被った。

私は思う。あの時夫が帰って来なかったら、私は姑を怒ったりしなかったのに違いない。夫の影を見た途端やってしまった。半分は夫にあたっていたのだ。いやらしい根性。この年齢になって、痴呆という病をもつ弱い立場の人を怒りとばしてしまった。

恥ずかしさと悲しさで私は顔を手でおおった。涙がポロポロ流れてきた。ごめん、おばあちゃん。心の中はすでにあやまりの言葉で満ちていた。「その通り」と叫んだ夫も気の毒だ。

その日一晩、私は痴呆という病気の悲しさをしみじみとかみしめていた。介護とは自分との闘いなのだとまた思う。トイレのことなど人間の感情の起伏やねじれに比べたら、たやすいものだと思う。トイレは瞬間のもので時間が解決する。人間の感情はそうはいかない。

こんな悲しい思いをするのなら、もう二度と姑を怒鳴ったりしないでおこうと私は思い、ようやく眠りについた。

（2002・7）

敬老の日

母が100歳を迎えるのには、まだちょっと月日があるのに、今年2002年の敬老の日に母は100歳のお祝いをあちらこちらからしてもらった。

まず民生委員の人が神戸市と兵庫県からとお祝い金を持って来た。母のホームからも連絡が入りお祝いの会をするからとのこと。私も出かけた。かなり大きなホールには既に居住者の人、スタッフの人が席についていて、該当者の人たち、母を含む四人が最前列にかしこまって座っていた。

区長さんを始めとし数人の人たちから祝辞があり贈り物が母たちに手渡された。何故か母が代表でお礼の挨拶をすることになった。急な指名であり私はどうなることかと心配したけれど、母はよろよろと立ち上がり挨拶をした。「今日はまことにありがとうございました。思いがけないことで大変嬉しく存じます」母の〝存じます〟という言葉を何年ぶりかで耳にした。お見事と私は心の中でつぶやいた。大きな花束のもとで参加者は皆嬉しそうだった。でも四人の主役者の中には、家族のつきそいのない方があり、そっと婦長さんにたずねてみれば、「たったお一人。身寄りがないお方」と。長生きの厳しさをひしひしと思った。

母はといえば、とっくに部屋に戻りたくなっており、私の腕を引っぱって早く行こうと催促をする。分かった分かったと母の部屋に戻れば「早く開けてみて」。何をいただいたか知りたかったのだ。沢山出て来た。二枚もの額入り表彰状。真白な毛布。銀杯。お菓子。見届けた母は「今日は私のお風呂の日なのよ。ずっと気になって気になって。行ってくるからあなたもう帰りなさい」朝早く家を出て来た私はヘイヘイと生返事をして母をお風呂に送り出し引き出しの整理を始めた。

二日後、今度はホーム主催の敬老の日。全スタッフが色とりどりの衣装をつけ、芝居に歌に踊りにと、なんとかお年寄りの人たちを笑わせようと必死の努力をしていた。その様子は見ていて涙が出るほど健気だった。

そしてその三日後、今度は県の人が来て、また母を含む四人に表彰状と出石焼の真白な花びんが差し出された。またしても母が挨拶をした。県の人が眼鏡をはずして目をふいている。小声で「こんなこといつもないのに…」とつぶやいているのを、私は耳にはさんだ。優しい人なのだ。目も耳も悪そうな四人の老女にはこの方の涙は心にもうつらなかっただろう。私もこんな風に年を取ったら、人の涙も分からなくなるのだろうかと、そんな思いが走った。母は早くも「部屋に帰ろう」といいだした。中味をじっくりと見たいのに違いないと私は立ち上り母の手を取った。

こうして敬老の日は過ぎ去った。そして母にちょっとした変化が表れた。顔つきが明るくなったのだ。家に居た時の険がなくなった。やはり100歳を祝ってもらったことは幸福な事であり、またひとつの自信が芽ばえたのだと私は母を見て思った。

月一回の主治医の検診日。東京から姉が出て来て母に付き添った。馴染みの主治医に母はいったそうだ。「2月が来ないと100歳にはならないのに、先日の敬老の日、あちらこちらからお祝いの品をもらってしまいました。今死ぬと義理を欠くことになって困ります。ビタミン剤を出して下さいませんか。」これだけでは老人医療の問題山積の折まずいと思ったのかどうかは知らないけれど、入れ歯の具合が悪くて野菜が食べられないから、ビタミン欠乏は確かであり、でも自分はきざみ野菜がいやなのだというような意味のことをのべたそうである。薬を取りにいったのは私で、薬剤師さんが「今日からビタミン剤が出ていますけど、おばあちゃん具合よくないのですか」と。私はいえ、はあ、まあとだけいって頭を下げた。

私たち姉妹は母のこの生きようとする強い意志にいつも脱帽の思いをもつ。母が強い生への意志を示す限り、出来るだけの手助けはしなければと思うのだ。

（2002・10）

第二章

神戸再発見

1　神戸再発見

私のじゃないのよ

　1997年6月中旬、素敵な機会に恵まれて、ベルリン、シュッツットガルト、ミュンヘン、ウィーンと10日間の旅をしてきた。前半は夫の仕事について行ったのだけど、後半は同じ物理学会に出席する、夫の先輩の夫人と私の二人旅。大空に舞い上がった凧のような二人、初体験に緊張しながらも、大いに楽しみ、心を解放した。

　列車でミュンヘンに着くと、親友のイングリットが出迎えてくれていた。ムギュムギュと恒例の抱き合いが済むと、「月曜日は博物館がどこも休館。さてどうしよう」と言う。「でもね、珍しい物があるのだけど、シシィ博物館へ行く?」「行く行く」私はもう狂喜乱舞。シシィとはオーストリアのハプスブルク帝国の皇妃エリザベートの愛称で、彼女はミュンヘン出身なのだ。可能なら見てみたいと思っていたシシイ博物館の夢が今実現するのだ。

　博物館は意外に小さく、なんだか少し薄汚れていたけれど、本で見た通りの、実物大のシシィ蠟人形や、小さい頃着ていた洋服や靴、沢山の写真や絵などが陳列されていて、大満足だった。フーッとため息をつき、美しいシシィの面影にひたった。

ここでは他にも展覧会が催されていて、同じ館の中でなんと「おまる展」をやっていた。せっかくシシィでいい気持ちになっていたのにと一瞬思ったものの、突如出現した数々のおまる、これがまた面白くてすぐに夢中になった。金箔のおまるやら、底に目玉がむき出しになっているのやら、おまると記されているけれど優雅なシチュー入れそっくりの、ふた付きのものもある。ソース入れかとみまがうのは小水入れ。華麗にして奇抜。その数の多さに唖然とした。

三人でさんざん笑いあった後レストランに行った。ずっと歩き続けていたのでお腹は減るしトイレには行きたいしである。レストランのトイレには清掃のおばさんがいなくて妙に空いていた。三人いっせいにバタンと戸を閉め、さてと思ったら私の入ったトイレ!!水中にプカプカ浮いているものがある。イヤダー。おまる展で大喜びしたけれどこんなのイヤダー。ザーッと水を流したが、まだ浮いている。二度、三度と気合いを入れて流したけれど、消えたと思ったのにまた現れた。友人たちはさっさと出ていってしまった様子。私はまだしてもいないのに。

あたりが静かになったのを見計らって、私は飛び出した。後を待つ人がいたらどう説明したらよいのやら。ドイツ語で「これは私のではありません」と言わなくてはならない。トイレにおばさんがいてチップを渡す方がはるかにいい。おばさんのいる理由がやっとわかった。

断じてあれは私のじゃないのよ。

（１９９７・８）

女テロリスト

ミュンヘンでは、イングリットの所に一泊。彼女はつい先頃結婚した私の娘に結婚祝いの贈り物をくれるのだった。

「ドイツでは結婚のお祝いには古い物と新しい物を一緒に贈るものなのよ。新しい包丁と古い鍋つかみ持って帰ってね」と赤い包装紙に赤いリボン、それに切り取ったばかりのバラが一輪挟まれていた。私はその贈り物を手荷物の中にひょいと入れ、飛行場へ急いだ。

チェックインは無事にすみ、少し時間があるからとその辺を歩きまわり、名残りを惜しんでイングリットと別れた。ボディチェックOK。ところが手荷物が引っかかった。二度やる。ダメ。「開けなさい」と制服のお嬢さん。問題は赤い包装紙の中にある。私は大いばりでバラを抜き取り紙を開いた。「オー・マイ・ゴッド!!」声の大きさに仲間も加わり、二、三人天を仰ぐ。ゾーリンゲンの双子印がギラリと怪しく光る生々しい大きな包丁。出刃包丁を薄く削ったように鋭い。私までゾッとする青光りが、大小二つ並んで入っていた。しかもハサミも加わっている。耳元でドイツ語が鳴り響き、バラの花もろともドイツ人の手に渡った。

呆然とする私に、友人の「没収よ」の声がした。「ウィーン空港で受け取れるって言ったみたい」と私の自信のない声。考えてみたら、あんな鋭い包丁が機内持ち込みされていたら私だってカンカンに怒る。手荷物検査の人は一体何をしているのかと。それにしても恐ろしかったなあ、あの包丁。けれどヴィーン空港で最後まで待っても、かの包丁は出てこなかった。没収？　私は大急ぎで一生懸命考えた。好きなドイツの国がそんな意地悪を私にするだろうか。イングリットのくれた赤いバラ。行きつくところは唯一そのこと。私は勇気を出してルフトハンザ航空の事務所にいった。

「私はドイツ語が少ししかできません。でも聞いて下さい。先月私の娘が結婚しまして……」我慢強く一部始終を聞いてくれたドイツ婦人は、カシャカシャとコンピューターを打ち、ニコリともせず私のホテルの名前を聞く。光明一筋。「あなたが遅く飛行機に乗り込んだから荷物は届かなかったけれど、夕方にはホテルに届けてあげますよ」私の握手攻めにドイツ婦人はようやくニヤッとした。

かくしてあの青光りの二丁の包丁とハサミ、そして古い鍋つかみとバラの花は、再び私の手に戻ってきた。

つくづく思うことはただひとつ。万人の知ることをたった一人知らない女あり。非常識にもほどがあるとは私のことだけれど、飛行機の乗っ取りは、私のように無知ならば、ひょっとして可能かも…と思ったのだった。

（１９９７・９）

私のダダ？

今NHKの朝のドラマ〝あぐり〟が面白い。有名な吉行三兄妹の母が、美容室をやりながら絶妙な子育てをしたと話に聞いてはいたけれど、夫君エイスケについて、私は何も知らなかった。狂言役者の野村萬斎が見事なエイスケを作り上げ、私は彼にひどく興味を覚えた。奇想天外、神出鬼没、勝手気ままと言ってしまえばそれまでのこと。しかしその奥に潜む、人間としての立派さと優しさに感動した。

吉行エイスケを調べると、1922年「ダダイズム」を創刊して詩を発表、辻潤を知るとある。〝あぐり〟では森本レオが演じる森さんである。ダダ‼　私はびっくりした。

今回の旅行でシュッットガルトに寄ったのは、親友ハイジとベルントに会うためではあったけれど、ベルントの叔父、ヨハネス・バーダーのダダ展をするからと誘いを受けていた。同じ頃にダダが私にささやきかけている。ダダ？

ヨハネス・バーダーは1920年にベルリンで開かれた第一回ダダ国際見本市なるものに、「ドイツの偉大と没落、またはがらくた展」を出している。シュッットガルトの展覧会では、そのバーダーのダダイズムの軌跡を写真で示し、彼のテキストから、音楽、演劇を学ぶ大学生四人が、ダダを演じてみせた。総括はベルント。

四人の若者がしゃべる。トーンを変えてダダ、ダダ、ダダ。ダダは怪物？ ダダは豚。ダダは2であり、3にもなる。誰がダダ？ 演じる四人のひたむきな迫力にひき込まれるのだけれど、わからない。一体何をわかったらいいのだろう。混乱する私の耳に、何度か突入してくる言葉は、「ダダは生命《いのち》」という叫びであった。終わった後、隣席の人に、全然わからないとつぶやくと、「ウンジン」という一言。無意味、ナンセンス……。

19世紀の終わりから地球が戦争に明け暮れていたあの時代、目に見えないおぞましいものを肌に感じた人々は、何事にも反対を唱え、秩序から離脱する無法を求めていたのだろうか。無意味というけれどと、私は考え込んでしまった。ダダイズムが花咲きしぼんだ後、世界はどう変化したというのだろう。偽善が横行し、軽々しいだけの受け身の生き方、はしたないことの蔓延。

エイスケは無責任だったけれど、人に優しかった。ヨハネス・バーダーはかなりきつい私生活を送り、81歳の自然死。世の中の移り変わりをじっと見つめる生涯だっただろう。そして辻潤は、１９４４年アパートの一室で餓死したと記されている。

私にダダイズムは無理だ。けれど2＋2＝4ではないかもしれないという物の見方が私をほっとさせている。

（１９９７・10）

ウィーン・ケルントナー通り

ウィーンに着いた!!　女二人の旅はいよいよ大詰めを迎える。地理に疎い私たちのために、旅行会社は「ヨーロッパホテル」を取ってくれていた。そのホテルは、何と憧れのエリザベートの柩が安置されているカプチナー教会の前にあった。ホテルの食堂は、ウィーンの目抜き通りケルントナー通りに面していて最高に便利な場所であった。まるで恋人同士の以心伝心のように、そんな感情が私とウィーンにピピッと通いあった。

ウィーンは美しい街であった。かの有名なリンク通りには赤と白の二両連結の電車が走っていて、3日間何回でも乗り降り自由な「ウィーン切符」というのが発売されていた。オペラハウス、王宮、美術館に博物館、国会議事堂、市庁舎、劇場、教会と次々に現れる壮大で美しい建造物にただただ茫然となった。

リンク通りの内側には、シュテファン大寺院を中心にして放射線状に大小の道が伸びている。ケルントナー通りはシュテファン大寺院と国立オペラ劇場を結ぶ大きな道路。午後9時を過ぎても明るい薄暮を幸いに、私たちはこの通りを、何度も行ったり来たりして歩きまわった。

とある小さな教会では、バッハのコンサートをやるとのことで、練習に余念がなかった。教会の内部を見るふりをしてしばし練習風景を楽しむ。通りではバイオリン二人チェロ一人の三人組がモーツァルトの「アイネ・クライネ・ナハトムジーク」と「ディベルティメント」の二曲のみを延々と繰り返していた。２時間も。バイオリニストの友人が、「うまいわ」と言ったので、バイオリンケースの中にコインをそっと入れた。

少しくたびれたのでパラソルの下のベンチに腰を下ろし、周囲の人を観察した。目を遠くにやると、品のよい老女が二人。70歳位だろうか、ベージュのスーツに帽子をかぶり５センチはあるハイヒールをはいてさっそうと歩いている。もう一人はまるでお付き人の雰囲気で黒いスーツに黒い帽子。さすがウィーンと見ていると、若い女性が片一方の肩をあらわに出した黒のドレスでやってきた。金髪に白い肌がまぶしかった。シュテファン寺院の周りには馬車が何台もたむろし客を待っている。石畳と馬車の蹄の音が、時代を一気にハプスブルク帝国に巻き戻す。

ウィーンの街は生き生きと光り輝いていた。通りは決して通過のための道路ではなくて、この通りに来ることが目的の人々で埋まっている。人が人に会いたくて、人が文化に会いたくて、通りに集まってくる。そこでゆったりと先人の成した文化に触れる。そしてそこから新しい文化が作り出されていくのにちがいない。

（１９９７・11）

神戸再発見

ウィーンのケルントナー通りに魅せられた私は、神戸に帰り三宮や元町通りを歩き、ちょっと短いため息をつく。あの大震災の痛手から懸命に必死に立ち上がりつつある、わが愛しの神戸の町に決して悪態をつくわけではないけれど、魅力に乏しい…。

その私が、先日嬉しい神戸再発見をした。神戸ジャズ・ストリートがものすごく楽しかったのだ。16年も前に始まったというのに、私はこの度が最初。今さらよかったもないのだけれど、私にとっては新鮮な喜び。ことの起こりは、夏に全日本ディキシーランドジャズフェスティバルがポートピアホテルで開かれ、それを見に行ったことにあった。東京から小学校の同級生が参加するとあって出かけたのだ。45年ぶりの再会。彼のバンドが「ニューオリンズ・ノウティーズ」というのだけがわかっていた。

ステージに上ったグループを見て、同級生はすぐにわかった。人間の芯はこんなに変わらないのか、急に小学六年生のイガグリ頭が重なった。

どうやって大人になったか一切白紙の幼馴染み同士の間に、彼の吹くトランペットが高らかに響きわたり、驚いたことに歌も歌いだした。サッチモばりの低音でとてもうまい。昔、美しき青きドナウ、合唱したよねと叫びたくなった。

それが夏。そして秋のジャズ・ストリート。もちろん切符を買って出かけた。ニューオリンズ・ノウティーズが目的だったからまず新オリエンタルホテルへ。そこでディキシーを楽しんだ。一緒に行った親友が走ってもらってきたプログラムを見てびっくりした。新神戸から三宮まで、十何カ所かの会場で1時間きざみに何組というバンドの演奏が繰り広げられるのだ。私もジャズのハシゴに参加しよう。この素敵な人波、皆嬉々としている。

バプテスト教会で再びノウティーズを聴いた。心にしみ込む讃美歌。ジャズは人間に潜む祈りの心を、素直に引き出してくれるようだ。これほどに演奏者と聴衆が一体となって楽しめるとはと、私は感激した。バプテスト教会は入れ替えがままならないほどの人々でいっぱいだった。

心地よい興奮に身を包み、坂道を三宮へ下りていった。神戸とジャズ、これはいけると私はずっと思い続けていた。カラッとした神戸の白い空気にジャズはとてもよく似合う。通りを行くジャズの陽気さと、エキゾチックな建物。その建物には神戸ならではの歴史と文化があるから、すばらしい。

神戸ジャズ・ストリートは文句なしに気に入った。ずっと続いて定着しもっと有名になったらいいなどと、めずらしく気持が高まっていた。

（1997・12）

手作り出版を祝う会

神戸市消防局の広報誌に、最初の頃は〝雪へのたより〟後には〝神戸ノート〟と称して書かせてもらってきて、6年の歳月が流れ去った。紙切れにして置いておくのを、93歳の母が残念がり、本に出来ないものかと、私をそそのかした。それは去年の夏の終り頃だった。紆余曲折はあったものの、この1月ようやく『母の贈りもの』と題する一冊の本として日の目を見た。本は昨年長男を亡くした母に対する私からの贈り物で、パートで働いたお金をあてた。

それを知った友人たちが、出版を祝う会をやろうと計画してくれた。手作りがいいと一番の中心になってくれる人が言い、私は大喜びした。「震災の神戸だもの、つましく心のこもったものにしよう」と、嬉しい提案が相次いだ。

場所は三宮の勤労会館。何しろ使用料が抜群に安く、地の利がいい。手作りといっても、食べるものはどうするの？　勤労会館に隣接するサンパルの地下を走りまわったら何でもそろうよ。こんな会話をそれこそサンパルの地下、居酒屋〝松ちゃん〟で会合を重ねて取り交わした。

案内状を出したら、なんと百人を越える方がくるという。歓喜の声を上げたけれど、不安も募る。男性には飲む物が豊富なら良しとしてもらえるかもしれないけれど、女性、しかも主婦が大半を占めるのだから、そうはいかない。にわかに花も必要、テーブル掛けも絶対いる。ケーキがないことには、女性は承知しないなどとの意見も飛び出した。ならばコーヒーもと、エスカレートしていった。準備の友達は大わらわだった。

いよいよ当日が来た。6時半から始まるというのに、会場は5時にならないと開けてもらえない。4時半頃から入口の扉の前に、花やテーブル掛けや、買ってきたケーキだの、パンだの、ハム、チーズが積み上げられた。1分でも惜しい時なので、開けてもらえないかと交渉するのだが駄目の一言。

5時ちょうどで、一斉に会場作りが始まった。大きな看板がまず壁に貼られた。寿司が届き、カラ揚げが並ぶ。ビール、酒も運び込まれた。花を活ける人、サラダを作る人。音楽隊も駆けつけて、音合わせが始まっている。受付けの名札を並べ切らないうちに、もう人がちらほら。台所は熱気で沸騰し、皆走りまわっている。私もエプロンをかけて忙しい。

6時半、司会のアツコさんがマイクを手にした。ついに始まるのだ。懐かしい人が一杯。皆少し年をとって、誰もが震災を体験した。5、6年も会っていない者同士が、あちらでもこちらでも笑い合い、ビールを飲み出した。

私をダシに皆が集まってくれたのだ。そう思った途端、私は元気になり浮かれ出した。司会者が私の名前を呼んでいる……。

（1997・3）

顔

三宮のサンパルの地下に〝松ちゃん〟という居酒屋がある。仲の良い夫婦二人の店。「いらっしゃい」の掛け声が聞きたくて、暖簾をくぐる。先日、その松ちゃんに言われた。「張さんの好きな俳優、当ててみようか」「どうぞ、どうぞ。男?」「そう、ご主人に似てる人の名前言えば当たりだもんね」。

びっくりしたのは私の方。夫をそんな目で見たことがなかったので、少々あわてた。私の場合、好きな俳優といえば、ハンフリー・ボガートに決まっている。

ところで、私は、人の顔に対して、少々偏見に近い思い込みを持っている。私はハンサムな人が苦手なのだ。美男子といわれる人ほど、鼻持ちならぬ人はいないと信じてしまっているのだ。ハンサムな人の周りには女の人の取り巻きが沢山いて、私の出る幕などなかった思いが度々あったからかもしれない。その昔、何回か傷ついて、以来美男子は嫌いということになってしまった。

けれど、顔というものは不思議なものだ。小さい頃、とても怖いと思った人がいた。色黒で、目が黒目だけで、唇が浅黒かった。客の出入りの多い家で幼児期を過ごしていた私は、その人が玄関口に現われると逃げ出すという失礼なことを繰り返した。

そしてそれから40年という歳月が流れたある日、私は老人になったかつての怖い顔の人に会うことがあった。その瞬間の感動を私は今も思い出す。人の顔がこのように美しく変化することに私は感激していた。いい顔になられたと、私は老人から目が放せないで、じっと見つめていた。

中年になって、ふと思うことは、同年輩の男たちが、いい顔になってきたということだ。六、三、三制の一期生、男女共学のはしりであった１９４０年生まれの私たち。学校時代、肩を並べる男たちは皆頼りなげで、子どもっぽかったけれど、今、社会で鍛えあげられた男の顔は、とても素敵だ。皆とは言わないけれど男は年を取り、だんだん美しくなるのかしら。

松ちゃんのクイズに座が沸いた。渥美清、田中邦衛…。似ていないと皆が笑う。松ちゃんが「青春時代に一世を風靡した人ですよ」とヒントを出す。加山雄三、高倉健？　当の松ちゃんまでが当惑し出した。そっと何やら紙に書いて隣りの人に渡している。紙を見せられた女性が、プッと吹き出した。「『市川雷蔵』だって…」

エッ、抜いた刀がキラリと光り、着物の裾がパラリと色気を放つ、あの眠狂四郎？

一番驚いたのは、夫本人。「この人は美男子は嫌いといって嫁に来たんですよ。失礼な人ですけどね」と、ボソボソと言うのであった。

（１９９７・４）

死の受容

壮絶なひとつの死をまた迎えた。恩師の死。知人が「師匠、何も食べないで、餓死する気らしい」と知らせてくれたので、急いで上京した。恩師は経理の仕事で生計をたてていたが、ギターを愛し隣近所の人の世話をし、誰からともなく「師匠」の愛称で呼ばれていた。

静まりかえったマンションの一室に、師は眠っていた。数年来決して健康体ではなかった師がここにきていよいよ体調悪く、入退院の繰返しだったそうだ。今度の病気は肺結核であったが、一応の治癒は得ていた。けれど他にも不調な所が多かった。頭のしっかりした師は、ある日、突如として退院を主張したという。訪問看護に切り替えるからと病院側を説得し、断固として帰宅した。強い個性の師を知る家人は、それに従うほかはなかった。

しかしそれは、壮絶な死への序曲であった。家に帰った師は、一切の薬、一切の食べ物を拒絶した。ホームドクターの点滴などもってのほか。ただ一つの例外は、水さしで飲むウィスキーとタバコ。

私がかけつけた時は、その2週間が既に過ぎた頃であった。眠りからさめた師は、長い髪を枕に落とし、ニコッと笑われるのであった。何という優しさに満ちた笑顔であったか。ちょっ

とだけでいい、食べてほしいと願う私に、

「自分のエネルギーで立つことも歩くこともできなくなっちゃあ、もうおしまいだよ」

すでにこの世のものとは思われないようなおだやかな優しさが師を包んでいた。

「ママや。愛しているよ」私はドキンとして夫人を見た。

「ハイハイ、ウィスキーがなくなったのよね」師の静けさと同じ静けさが、ママや、と呼ばれた夫人にもあった。水さしに注がれたウィスキーをなめるようにゆっくりと喉に流し込む。

「今日来るというから起きていようと思っていたのに眠っちゃったよ」。私は必死でどんなに頼りにしているかと、かきくどいた。師はただニコニコと「おしかけ娘だもんね」とひとこと。

父を早く亡くしていた私は、師をパパと呼び夫人をママと呼び、親しんでいたのだ。

そんな1週間の後、師は亡くなった。生前の言葉通りの献体で、アッというまに連れていかれてしまったという。尊厳死、献体…。嗚呼と私は深い吐息をつく。何もかも自分で決めてしまった師のあまりに早い潔さ。享年80歳。

自分のエネルギーで生きられないのだから仕方ないよ。人間としての誇りを貫こうとすれば、この自己死が最も師らしい選択なのだった。夫人が耐えているのに、私が耐えられなくてどうするか。明治維新で活躍した久坂玄端の子孫ここにあり。神戸育ちの久坂晴夫氏の死であった。


（1997・5）

すっぽんを食べる

すっぽん。広辞苑から引用すると、「爬虫類カメに属する動物。縁辺は軟骨で軟らかい。頸は長く自在に伸縮する。肉は美味、滋養に富み、血は強精剤とされる」とある。

豪放な字や絵を書く友人から、半快祝いの知らせを受けた。体調を崩して入院していた友人だが、「全快など待っていられない。ベトナム料理を食べに行こう」との誘いであった。高速長田駅に集合。行ってみなければわからないその日の顔ぶれ。そんなのが大好きな私は飛んで出かけた。いるいる、親しい友人に未知の人。バスに乗ってベトナム料理店「ラム・ハノイ」へ。

玄関口で靴をぬぎ、食堂に入る。まさに、「ただいま。ご飯ある?」のムードである。食卓ではすでに鍋がぐつぐつ煮立っていた。「鍋料理ね」と問えば、かの友人、ニタッと笑って「すっぽん」と答える。目を壁に向ければ、あそこに一匹、ここにも一匹とカメがへばりついていた。たじろぐ私が目を床に落とすと、とかげともワニともつかぬ灰色のものが、長細いビンの中に浮かんでいた。

ベトナムに来た気分の中で食事が始まった。まず鍋から。スープの中にネギやウド、パイナップル、そしてすっぽんの肉。酸味と辛味がきいたスープがおいしく体の芯がぬくぬくとなった。「これ目玉かしら」「首の輪切り?」大勢で食べるから勇気百倍。あのおとなしいカメを思い、心の中でゴメンネとささやいた。

ベトナム式春巻、色鮮やかな赤と黄のピーマンの肉詰め、初めて見る大カレイの唐辛子煮、牛タンのトマトみそ煮。唐辛子の辛さが食欲をそそる。若い女性の友人が、「毛穴がパーッと開く感じがする」。我が意を得たりの思いで、思わず手をたたいた。

「張さん、ワインどうぞ。」目玉の周りを食べているらしい私は、エンジ色の飲み物を素直に飲んだ。「おいしい? すっぽんの生血」女が飲んでどうするのよと言いかけたけど止めておいた。別の友人が、「すっぽんの血って緑色かと思っていたのに」と言った。なんだか私、だんだんこの集団が恐ろしくなってきた。

「ラム・ハノイ」の主人はツアン・テン・タックさん。タックさん夫婦と三人の息子たちは、18年前難民として来日、まもなく長田の人となった。あの大地震の大被害にも猛然と立ち上がり、壊れた自宅を補修して、商売を替え、自宅をベトナム料理店に開放した。一家中が店で働いている。カメの如く悠々と、忍耐強く人生を生きる。いいな!!

翌日の私、ことのほか元気だったけれど、これは生血のせいだけでは決してない。

異国で懸命に生きるタックさん一家の姿に心をうたれたのだ。

（1997・7）

東灘の長尾先生

「東灘の長尾さん、被災直後描いた水彩画、寄贈」

12月4日、朝日新聞の見出しである。すぐに先生の絵の寄贈先、コープこうべの生活文化センターへ出かけた。そこでは、先生が大震災直後の街並みを描いた作品二五点が展示されていた。

私は絵の前で頭を垂れて、それから数々の絵を見始めた。すごいエネルギーが水彩画からほとばしり出ていた。先生の怒りと悲しみと祈りが、私の胸にしみ込んできた。どの絵も、愛と力に満ちあふれていた。

先生を初めて知ったのは、20年も昔のこと。息子の「お絵描き教室」の先生としてであった。彼の描いてくる絵の裏にやさしい字で「うまいぞ、この調子」といつも肯定の言葉が添えられていた。長い海外生活から帰国したばかりの息子にとって、この長尾先生の教室は唯一ほっと息のつける所だったのに違いない。息子の小学校生活は、絵と長尾先生に支えられ助けられていた。

その彼が高二の時、再び長尾先生に絵を習いだした。今度は朝日カルチャーセンターのデッサン教室である。その前に私は、彼の進路について先生を訪れたことがある。先生は開口一番、「駄目です。絵かきになってはいけません。第一に食べていけませんよ。絵かきにならせてはいけません」であった。けれど、デッサン教室へ通うことについては許可が出た。

ところが、ある時、息子はデッサンをさぼりだした。それでなくても彼の反抗期のすさまじい時期である。また息子は荒れだすのかと私はあわてた。

この時の彼のいいわけのいじらしいこと。「裸体だから、行けない」。急に私は、彼が17歳であることに気がついたものだった。長尾先生はカカカと笑い、「お母さん、今日は裸体が描けると大喜びで出かけるのよりいいというものですよ。僕も最初の時、手が震えましたよ」。

そんな時を経て、結局息子は絵の道を進むべく京都芸大へ入学した。

先生に報告にいった時、アトリエからエプロン姿で出てきた先生は、「よかったよかった」と喜びながら、目が潤んでいた。「君もまた、この厳しい道に挑むのか…」先生の涙がそう言っていた。

今、先生の絵を見ながら私は心を揺さぶられていた。あの災害を伝えるものとして、先生の絵が一番深いと。テレビでも新聞でも伝わることのなかった魂のおののき、これが絵にはあった。震える木の葉、たれ下がった電線、地べたの石ころにそれが在った。

こんな絵をいつか息子が描いてくれたらと、私は思っていた。

（1998・1）

珈琲文化

今年の年賀状の中に心を惹くものがあった。差出人は東京に住む中学校の同期生から。「所用のあと、神戸の町を散策しました。神戸は珈琲文化のある町でした」。

ふーんと私は思い、はっと思い当たることがあった。それはルミナリエで夜の神戸が光り輝いていた暮れのこと。私は勤務先の女性四人と元町通りを西に向かって歩いていた。いささかのさびれを感じさせる通りだけれど、味わいのある店が多く、私は好きだ。

コーヒーが飲みたくなった我々は、モーツアルトの顔看板のある「アマデウス」という珈琲店を見付けた。「モーツアルトに出会いたい人はどうぞ」。小さな字でそんなことが記されている。地下の階段を下りていくと、モーツアルトでいっぱいの店が現れた。真ん中にグランドピアノ。モーツアルトに関する本、写真。バックミュージックはもちろんモーツアルト。「ケッヘル何番?」なんて当てっこなどを楽しんだりしたりして…。

仲間の一人は某教育大学で音楽を専攻した若い女性。私はすぐにマスターに「このピアノは弾いてもよいのか」と聞いてみた。「もちろん」と彼は、かけていた音楽を消してしまった。コーヒーが運ばれた。「さあ弾いてよ」と彼女は私たちから催促を受けた。「モーツアルトでなくてもいいですか」「何でもどうぞ」「楽譜がないんだもの、つめが伸びているのに」と少し彼女の躊躇が続いた。20歳を少し出たばかりの若い彼女。弾いてくれるかしら。弾いてほしいと私は願った。

次の瞬間、思いっきり大きな音が響き、力強い演奏が始まった。「ベートーヴェン」弾きながら彼女がつぶやく。生演奏はやはりよい。その傍らでコーヒーを飲む。断然愉しくなってきた。客が入ってきた。労働者風の四人連れが、私同様ニコニコしている。一曲終了、拍手。「アンコール」とそのおじさんたち。知っている曲をとせがまれ、彼女はポピュラーなピアノ曲を次々に弾いてくれた。私はそれが嬉しかった。専門家の立場からしたら、コーヒーを飲みに入ったのにピアノを弾かされて面白くなかったかもしれない。音楽を専門とする人は、そう軽々と楽器を手にしてくれないことに私はよく出合う。でも私は、音楽は楽しいものであってほしいと思うのだ。私たちは今、とても楽しい。

四人のおじさんたちが立ち上がった。「ありがとう」といったかと思うと、我々のテーブルの伝票をさっとつかんでしまった。「よい夕べだったからね」マスターも笑っている。

コーヒーと生演奏。年賀状を読みながらあの日の出来事はまさに、「彼女が創った神戸の珈琲文化」だったのだと、気持が晴々とした。

（1998・2）

2　ふれあいの中から

夏のメモワール

遼磨君はやっと4歳になったばかりの、利発で情感の豊かな男の子だ。私のかわいいボーイフレンド。彼の両親は双方仕事を持っているから、遼磨君は早くから保育所に通っている。男も女も同じように仕事を持ち、人生を豊かに生きていけばよいと思っている私は、いつもこの若いファミリーを支持し、声援を送っている。人権をきちんと考える彼らは、遼磨君に私を「おばさん」とは呼ばせない。私はあくまで「さつきさん」である。幼い彼に「さつきさん」と呼びかけられる私は、幸福感でニコニコしてしまう。

去年の夏だった。夫はせみの誕生を彼に見せたくて、幼虫を探しまわっていた。運よく幼虫は見つかり、お父さんに渡した。「今晩と思うよ」。その時間、セミの脱皮を想像し、私たちも胸をワクワクさせていた。あれは本当に美しい。何ミリの世界が、時が止まったかのような静けさの中で、精巧この上ない正確さで展開し出来上がっていく。みずみずしい若緑の薄い羽がゆるやかに色づいて大空に飛んでいく様子は、まさに感動的だ。遼磨君の反応は如何に。

翌日のお父さんからの報告によると、彼は目を輝かし一部始終を見守り続けたあとに、大きなため息をひとつ、「ちっとも知らんかったなあ」と言ったという。

一緒に釣りをしたこともあった。体長7センチぐらいの魚ばかりだったけれど、海辺の食堂で煮てもらって食べた。彼の目の前に小魚が並ぶ。「どこから食べようか」「おめめ」「今度はおなか」「それからせなかもよ」

休日はともかく、仕事を持つ両親にとって、朝はとりわけ忙しい。心ならずも、早く早くと幼い子をせき立てる。遼磨君は少しもあわてずゆうゆうと「あのね、そう早く早くいうても、だんだんに出来るようになるんやから」

そして今年の夏も彼と遊んだ。釣りの帰りにわが家に現れ、釣ってきた魚を皆で食べた。ゲームをし、ビデオを見、少しスベリ台で遊んだ。

後日、お父さんは保育所のお姉さんに尋ねられたのだそうだ。「さつきさんってどなたですか。この夏一番楽しかったことは何だったと聞いたら、さつきさんのとこへ言ったことって言ってましたけど……。」「ハア？　さつきさんですか、さつきさんは58歳で……」とお父さんが言ったかどうかは知らないけれど、その話を聞いた私は、膝を打ってヤッターと叫んだ。それこそこの夏の一番嬉しいメモワールになった。遼磨君にずっと「さつきさん」と呼んでもらうためには、彼同様、情感を豊かに広げていかないといけないのだ。

（1998・10）

荒れる子供たち

先日、ＪＲ本山駅で切符を買おうと並んでいたら、若い母親と二人の男の子、それにおばあちゃんがやってきた。子どもたちは5歳と3歳ぐらいで、最初からもつれ合うように大騒ぎしてふざけていた。

「お兄ちゃん、見といてよ」。母親は小さな兄に弟のお守りを頼んでいた。おばあちゃんと母親は、新幹線にでも乗るのか、時刻表をめくり出した。動き回る弟を兄が追いかけ、改札口は遊び場に化した。ところが、私が切符を手に歩き出した途端、ワーッと泣く子どもの声。かの弟がワーワー泣いてやってきた。「何したの」。するどい叱責の声が母親から兄に飛んだ。「見といてと言ったでしょ」。母親の怒りの言葉は兄にのみ向けられていた。兄は、うなだれて何か言いたそうにしていたけれど、黙って場所を変えてしまった。

泣き止まない弟をおばあちゃんがあやしている。その子はしゃくりあげながら「お兄ちゃんがいじめた」と言う。こんなことは日常のことで、びっくりする光景ではないけれど、次のおばあちゃんの言葉に私は足が止まった。

「お兄ちゃんなんか無視したらいいのよ。ムシ、ムシしなさい」

これが3歳ほどの子どもに祖母が教える言葉かと私は耳を疑った。母親は終始一貫して、子どもたちに少しの笑顔も見せなかった。

数分の出来事から、その家庭の全貌を推測するのでは決してないけれど、5歳ぐらいのお兄ちゃんが私には気の毒に思えた。無視したらいいと教えられる弟が、兄の言うことを聞くわけはないだろうし、どうせほめられるわけではないと知っている兄は、いい加減にしか弟のめんどうはみないだろう。それにしても無視という言葉。激しい言葉が小さい子に教えられる。

そしてふと数年前に交わしあった会話を思い出した。ある若い女性が私に告げた。

「張さんは確かに優しいよ。でもその気遣いがうっとうしくてムカつく」

彼女にとっては他人に無視される方が余程居心地がよいのだった。彼女は電車に乗れば、常に新聞を広げて読むふりをするという。そうすれば誰からも見られず、話しかけられないですむからと。

「ムシ、ムカつく、キレる…」これらの言葉には自分以外の存在の徹底的な排除が在る。自分がどこかで他人と接触することを極度に嫌っている。

先を急げとスピードを競い、めんどうなことには巻き込まれたくないと逃げまくってきた私たち現代人。私も近く祖母になるけれど、せめておばあちゃん、思う存分幼い子を抱きしめ、めっちゃめっちゃ可愛がってやりたいと思いませんか？

（1998・3）

同窓会

東京で都立の高校を卒業した私にとって、同窓会は縁の薄いものであった。この高校は戦後新制高校として男女共学で発足したけれど、昔は第三高女といって優秀な女性の集まる女学校であった。

私は新制となって10年が経た頃に入学したが、この学校がとても好きだった。公立の学校なのに、普通科、芸術科、体育科とあり、芸術科はさらに音楽と美術に分かれていた。普通科は七、八クラスあり、そのうち就職クラスが二つ、その一つに私は在籍していた。

文化祭では芸術科の生徒がよく活躍し、体育祭ではもちろん体育科の生徒が走り回っていた。ここには社会そのものがあって、人生の多様性と広い心を養うものがあったと思う。けれどなぜかこのユニークなシステムは簡単に崩れ、今は普通科のみとなり、そしてただの受験校になってしまった感がある。

その学校の関西支部同窓会が明石大橋を眺めながら、ホテル・舞子ビラで行われるとあって、同窓生の親友と私は、初めて参加することにした。

梅雨も一休みのある快晴の日。行ってよかった!! 会長は88歳の第三高女24回生。大先輩はびっくりするほどの若々しさで、30歳も年上でおられると敬意をこめていえば、「エッあなた18歳なの?」このジョークにあの高校の自由闊達な雰囲気が蘇ってきた。

「わたくしね、忙しいんですよ。週二回は書道を教えているし、一回は私自身が習いにいってるでしょ。1日は趣味で、ほらこれ、このブローチも作ったのだけど、これに行くでしょう、それから水泳の日。あと2日しかないので遊ぶのも大変。本当に忙しいわねェ」

眼鏡の奥でキラキラと目を輝かせる大先輩はまさに現役。88歳にして多忙。これが若さの秘訣と私は得心した。小さな体をワンピースに包み、薄いグリーンのショールがよく似合っていた。靴は白のローヒールで、背筋がぴんと伸びて、声が大きいのだ。

その日、とりわけ新入りの私たち二人に彼女は優しかった。その優しさの中に、若い人にこの会をつないでいってほしいという気持が込められているのを私たちは感じていた。ここでは58歳は若いのである。

人は繋ぐものがあることを確信して、自分もまた生きていくことになるのかもしれない。繋ぐものとは決して血縁などの狭いものではなく……。

ちなみに四〇人近い出席者のうち、80歳代が十二人。あちらこちらで銀髪が微笑んでいた。元気だから出席しているといってしまえばそれまでのことだけど、このパワーはとても素敵だった。


（1998・7）

沖縄

「でいごの花が咲き、風を呼び、嵐が来た」

いつの日か沖縄に行きたいと思いながら、観光では行かれないと思っていた私だけれど、物理学会が初めて琉球大学で開かれるとあって、夫について行ってきた。

たった3日間のことではあったが、印象深い旅をした。那覇市は活気に満ち、有名な国際通りの散歩が楽しかった。公設市場に行き、見たことのない魚に驚き、そこで働いている元気のよいおばさんたちの勢いに誘われて、トルコブルーの魚のさしみや、ニガウリ、沖縄そば等を、市場の二階の食堂で食べた。紅いもとさとうきびのアイスクリーム、これもとてもおいしかった。

首里城に行った。朱色の城が、かつて沖縄が琉球王国であったことを思い出させてくれた。大きな目の美人のバスガイドさんが、この城の下に日本軍司令部があり、米軍上陸ですさまじい激戦が行われ、以後長い間一木一草生えなかったというのであった。若い彼女の顔を私は正視できないでいた。目を上げると今では緑がおいしげり、赤と黄のハイビスカスが咲き乱れている。県花のデイゴの花は3月頃が見頃とか。それに変わるように今は、鳳凰《ほうおう》木の真赤な花が満開だった。

サトウキビ畑を車で走って摩文仁《まぶに》の丘にいった。各県の慰霊塔が立ち並ぶ中、兵庫県ののじぎくの塔を見た。昭和39年建立、三〇七三人戦没。上り坂を上りつめた所に、黎明の塔がそびえ、そこから青い空と、白い波しぶきをあげる海が、ずっとずっと広がっていた。

首里城が落ちた後、3カ月もの間、本土決戦を遅らそうとした軍が、沖縄の一般市民の人たち、女子どもを巻き添えにしながら、ここ最果ての地に来て、司令官は自決した。「6月23日のこの自決で、ようやく沖縄戦が終わったのです。」タクシーの運転手の言葉であった。

一緒に行った親友と私は、小さな花束をそっとおいた。親友がつぶやいた。「私、この軍人さんに花を捧げるわけではないわ。」私もそう思った。率直にそれを口にした親友に私は感動した。住民をまき込んだ国内戦。本土の我々のそれへの認識の何という希薄。

崖ぶちに繁る琉球松は、1945年に何を見、海は何を吸い込んだか。美しいばかりのこの海は、多くの犠牲者の怒りと苦しみとあきらめと涙と、そのすべてを吸い込んでいったはず。海は若い乙女を抱きしめるように、手をさしのべてくれていたのだろうか。

私は沖縄に来たことを肯定し、つらい歴史にふれることの重大さを、しみじみと実感していた。

「島唄よ　風に乗り　届けておくれ　私の涙」（島唄より抜粋）

（1998・11）

孤櫂《ことう》

後藤三郎さん（詩人）の碑が、この秋、大分県国東半島の黒津崎に建立された。

孤櫂

岬水すみて
秋空翠香《くうすいとほ》し
おもひありやなし
菊たゞ白きかな

三郎さんは昭和18年冬、学徒出陣で京大哲学科から出征、20年5月フィリピン・ルソン島で、22歳の命を終えられた。私の父の大切な学生さんであった。しかし、父も三郎さんの死を知ることなく、同じ頃の21年2月に病死した。

国東半島は彼の故郷である。私は初めて国東の海を見た。その日海は静かな水面を漂わせ、岬が近くに遠くにひっそりとたたずんでいた。その海辺の木立の中に、碑は出来上がった。彼の詩と顔写真が黒御影石に彫られている。若く清らかな美しい横顔に私はハラハラと涙を落とした。

出陣の直前、三郎さんは父のところにやってきた。学問がしたいという切々とした思いの青年を、父は必死で励ました。

夜が更けて父は母に向かい「おれのベッドで寝かす」といい、急いで青年の側に戻っていったという。

「この青年を死なせたくありません。皆死を決して出ている。しかしどうしても死なせたくないのです。」父は出征の後、青年の父親宛に手紙を出している。詩人の心と思索者の心とを深く持っている青年を父は愛し、その才能を尊く思っていた。けれど後藤さんはルソンの樹林に、消えてしまわれたのだった。

ルソン島に散った若い命の何と数多なことか。

先日、三宮で「無言館」戦没画学生祈りの絵展をみた。家の外では出征兵士を見送る人々が集まっているのに、キャンバスに筆を走らせていたという画学生。50数年前に描かれたその絵の数々は、傷んでいたけれど、真に美しかった。力と輝きに満ちていた。

中に21歳で散った日本画科の青年が描いた菊二輪があった。私はその前で思わず姿勢を正し、見入っていた。何とも美しい、透明な凛とした輝きがそこに在った。

三郎さんの遺稿の中にもそれを見る。

「自らのいのちを抱きしめてそのかなしさにかぎりなく澄みわたるとき、それが私たちを包む大きな宇宙的の息吹に、清く消えて行く。なにかをなにかにあずけよう。」

数千の学徒が北に南に散っていったのだ。そしてそれ故に、今の我々が生きている。我々は散った若人から大切なものをあずけられたはずなのに、これでいいというのだろうか。

私は頭を垂れて、菊一輪を三郎さんに捧げた。

（1998・12）

包装と贈り物

尊敬するドイツ語の先生から、面白い話を聞いた。「verpacken」を辞書で引くと、「包む・包装する・荷造りする」とある。ところが、それが転じて、「物分かりが悪い」という意味にも使われているというのである。つまり、「彼は固く包装されている」というのが物分かりが悪いということになるのだそうだ。とすると、「包装」という言葉はマイナスのイメージにも結びつく。

ドイツにおいて環境問題は、かなり以前から考えられ、今や世界のリーダー格的存在になっている。先生の話によると、1991年に包装材規程令という法律ができ、以来メーカーにその回収の自己責任を負わせたという。即回収会社ができ、包装材にも値段がついた。行政と国民がいささかびっくりするほど、すばやく力を結集させた結果と思えてならない。やるとなったらどこまでもといったドイツ魂をちらっと思う。

そこでまたverpackenという言葉だけれど、包装することがマイナスイメージにも通じることに関して、ドイツ滞在中に気がついたことがあった。ドイツでは、花束のプレゼントは最も頻繁に取り交わされるものであったけれど、礼儀としては玄関先で包み紙をはずし、むき出しの生花を女主人にさし出すのが普通であった。日本だったらどうだろう。花に似合った色紙でまず包み、ハトロン紙でその上を包み、リボンをかけ、花屋のレッテルを貼りつける。「ウーン、高い花屋で買ってきてくれたんだ」とその人が感心するか負担に思うかはさておき、そうなってしまう。

日本では万事がこの調子で、包装することは礼儀上必要になってきてしまう。そこには独自のやり方は入り込む隙もない。若い人の間で少しずつその人なりの包装がはやり出して、私は期待しているのだけれど、デパートの銘柄は断然根強い価値を持つらしい。

今のドイツは知らないけれど、20数年前には贈り物は知恵の出し比べの感があった。値段ではなく、またどこの店のもの等と人は詮索しなかった。私がもらった物の中に、くるみを真二つに割って空にし、その中に小さなネックレスを入れたものや、みかんに香りのよい丁字を無数にさしたもの等があった。どれも決して高くはないけれど、その創意工夫にうなってしまった。贈り物一つにも、その国の文化の在り様があるわけだ。

包む事が日本文化のひとつだとしたら、環境問題の解決は他国よりきっと大変に違いない。狭い国土と資源の限りにどのように折り合いをつけていけばよいのだろう。

私はバラの花一輪に百万本のバラを感じて大喜びするけれど…。

（1999・1）

映画「ある老女の物語」をみて

先日新神戸オリエンタル劇場で、1991年の、オーストラリア作品「ある老女の物語」を見た。静かな感動に私は時を忘れた。主人公の78歳の老女はガンを患っている。でも、一人で住み慣れた家に住む。老女のもとを訪れてくる若い訪問看護婦を愛し、二人の間には深い友情が生まれている。老女は小鳥を愛で、黒猫を慈しみ、隣人の老人を助け、時に手料理のパーティも開く。その生き生きとした生き方に胸打たれた。

しかし、一人暗い部屋でじっと耐えている彼女のもう一つの姿。何度も去来する思いは、戦禍で失った幼い娘のこと。死期が近づき、入院をせまる息子をなだめるのも彼女自身であった。

「自分のことは自分で出来るから」

「みんな心配している。準備しないとね」

「なんの準備？　もう78年間も準備してきたからね」

老女の思いを理解する看護婦が言う。

「私たち地域看護婦の仕事をご存じ？　お年寄りを自立させることが大切なの。お母様は強い精神力で頑張っていますす」

隣の老人が失禁した。「ごめんよ」と謝る老人に老女が告げる。「ごめんは止めて。生きるのに謝る必要はないわ」。やがて老人は死に、老女も骨折をきっかけに入院させられた。しかし老女の強い精神力を愛する看護婦は、病院から老女を連れ出し、慣れ親しんだベッドに横たえる。涙をポロポロこぼしながら、ゆっくりと老女の腕に注射を打つ看護婦。そして老女の最後の言葉。「人生は美しいわ。愛をいつまでも大切に……」

この老女を演じた女優自身が、ガンであり撮影を始めた時には8週間の余命といわれていた。女優をよく知る監督は、死に物狂いの4週間でこの映画を完成したという。まさしくこれは、命と愛のかたまりの如きものなのだ。

この映画のような人生の終末がもし私に与えられたら、私はどんなに幸せだろう。ガンはある意味で恵まれた病のようにまで思えてくる。なんとか精神力をふりしぼり、自分で自分の人生の幕を下ろすことが、出来るかもしれないと。その時、人生は美しいと言えたならば……。

また、肉親を愛しながらも、第三者により深く心をかよわすという人間の不思議さを思う時、訪問看護婦の存在の素晴らしさをも映画は教えてくれている。

折りも折り、2月号の『雪』の、「時のことば」に、介護支援専門員のことが載っていた。全国で資格試験も始まっており、大変な受験者数という。資格もさることながら、人間への深い愛が何よりも大切とつくづく思うのだ。

（1999・3）

遊牧―ツエルゲルの人々―

とても長いドキュメンタリー映像作品「遊牧」を観てきた。上映時間7時間40分。神戸シーガルホールで朝10時半に始まり、昼食、夕食をロビーで食べて、見終わったのが夜8時半。しかし何とも爽やかな充実感だった。私もまたモンゴルの大草原をかけ巡っていた。

このビデオは'89年より始まった日本とモンゴルの共同調査隊が、'92年の夏から1年間を、首都ウランバートルから南西へ750キロメートルも離れた大ゴビ砂漠の中の小さな村、ツエルゲルで過ごしたその記録である。モンゴルの四季とそこで生活する六〇家族の1年間が繰り広げられていく。

零下20度を下回るという冬の備えに忙しい晩秋の風景とゲルの中での生活。ワンルームマンションはとても居心地がよさそう。人間が生きていくためには、本当はこんな少しのもので十分なのだ。道具や衣類の一つ一つが、まるで生命そのもののような存在感にあふれている。春を待つまだ寒い冬のさ中に、たくさんの仔羊や仔山羊が生まれてきた。村のリーダー格の一家がすばらしい。仲のよい夫婦と四人の子どもたち。6歳の次女の愛らしさとたくましさ。年中同じ服を着ているけれど、髪にはいつもいろいろな形の大きなリボンが揺れている。

春がやっときた。切ないほどの喜び。そして待望の夏。天地は光り輝き、仔羊や仔山羊は走りまわる。6歳の次女はその夏、初めて山羊の乳しぼりができた。彼女の歓喜の笑顔と誇り。見る方は大自然の美しさに酔いしれそうになるけれど、村の人々の生活は厳しい。遊牧民共同組合の結成、学校作り、畜産物を市場に売り出す仕事、それらの前途は多難である。

ウランバートルでデパートへ行った時の、村の人たちの複雑な表情が私は忘れられない。口数少なく帰途につく道すがら、やわらかい春一番の草をみつけ、それを摘むうちにいつもの笑顔が戻ってきた。私もほっと一息つく。

輝く朝が播き散らしたものを、／すべて連れ返す宵の明星よ。
あなたは羊を返し、山羊を返し、／母のもとへ子を連れ返す
（サッフォー）

冒頭のこの詩が、しみじみと心にしみてくる。長いビデオを見終わって、私の脳裏にうず巻くものは、なんと我々の生活はこの詩の持つ精神を失ってきたかということであった。そして私の子育ての欠落部分が、はっきりと照らし出されてきた。私は子どもたちに働くことの豊かさと喜びを教えてこなかった…。

モンゴルの風を頬に感じさせる題名の文字「遊牧」は神戸が誇る宇野政之さんの字であった。それも嬉しい美しいビデオ作品であった。

（1999・5）

ここがヘンだよ日本人

テレビで、ビートたけしの「ここがヘンだよ日本人」を時々見る。外国人の達者な日本語とどの人もよくしゃべることにびっくりするけれど、相手をする日本人のお粗末なのが気に入らない。それでも最初の頃は新鮮味があり、映画「ＨＡＮＡＢＩ」を作ったビートたけしを思い起こしたものだったが、最近はいやらしさが先に立ち、スイッチを切ってしまうこともしばしばだ。

つい先日は、小学生くらいの子どもが得意気に、「ヘンだと思うのなら日本に来なければいいのだ」と言い放った。会場は笑い声で充満し、ビートたけしが机をたたいていた。彼も笑っている。私は心、怒りに満ち、テレビを消そうとしたら、ようやく一人の大人が発言した。「今のはいただけないよ。そういう考え方をしてはいけない。危険な物の見方だよ」と子どもを叱る大人がいて私はほっとした。

今、私の仕事場には23歳前後の三人のドイツ人女性が研修生として来日している。日本語検定試験の３級をへており、会話も仕事も日本語でやっている。報酬は少なく生活はかつかつだというけれど、日本が好きだといってよく働く。

その彼女らと我が家でスキヤキパーティをした。小さな花束にご招待ありがとうとカードをさしはさみ、ニコニコやってきた彼女たち。「どう日本？　ここがヘンだよ日本人って感じたことがあったら言ってみて」と私。うーんと考え込んだ三人の返答に長い時間がかかった。「特別にヘンだと思わないから」と言う。電車の乗り降りのマナーはドイツの方がひどいというし、物価高はドイツも同様。ただ果物の美しさと値段の高さ、これには啞然とするという。しばらくして思いついたとばかりに、「電車の中の化粧、これにはびっくりした」と言う。

我々は超個人的なことは人に見せないと三人は相槌を打つ。

もう一つはゴメンナサイの連発。どうしてそんなにと思うほど、日本人は互いにゴメンナサイを言い合っている。ハロー程度のニュアンスで言ってる場合もあるのよと私は説明したけれど、言い過ぎは気持が悪いそうだ。三人のうちの一人は、二度めの来日である。「ドイツに戻ってからしばらくは日本風にごめんなさいを言ってしまって、皆に何か悪いことをしてしまったのかと言われた」と笑っていた。彼女たちは仕事場で電話もとるので、「いつもお世話になっております」も「お陰様で」も口にすることができる。時にヘンと思うそうだけれど。

確かに日本人はよく謝る。しかし、本当に謝罪しなければならないことには曖昧に言葉を濁すことが多い。私はそこがヘンだと思っている…。

（1999・7）

八月十五日

八月九日の朝日新聞の夕刊、写真が語る20世紀「目撃者」展からの一枚の写真、〈一九四五長崎〉を見て私は泣いた。直立不動で歯をくいしばって立っている少年が背負っているのは、のけぞって死んでいる弟なのだ。少年が前方に見ているものは、大きな穴を掘っただけの火葬場で、たくさんの遺体が炎をあげて燃えているのである。ためらいながらシャッターを押したアメリカ人カメラマンは、少年が歯をくいしばっていたくちびるの端に、血がにじんでいるのを見たという。

朝日カルチャーセンターのドイツ語講座では、七月から、ドイツの敗戦40周年の1985年5月8日に、ヴァイツゼッカー前大統領が、連邦議会でなした追悼演説を原文で読むという作業を始めた。前大統領の生の声をテープで聞きながら文字を追う。一つの言葉の深く広い背景を先生に教わりながら、探り学ぶと言うことは、もはやドイツ語を単に勉強することから、はるかに越えてつらく悲しい人間を知るという学びである。

ヴァイツゼッカーは言う。五月八日は祝賀の日ではないと。五月八日は心に刻むための日であると。心に刻むためには真実を知らなければならない。能うかぎり真実を直視しようと。その言葉から人間のもつ良き能力とドイツ人の強さを私は垣間見る。

上田閑照《しずてる》先生という哲学者を数年前から知り得る好運に巡りあえた。それがこの夏、ずっと昔に死んだ、やはり哲学者であった父に導かれるようにして、お目にかかることができた。その日私は、読みかけのかのヴァイツゼッカーの翻訳本を手にして先生のもとに出かけたのだ。比叡山の麓に緑に抱かれて先生のお住まいはあった。見事な藤棚を前にして、モネの描く色と光の世界が充満していた。

夫人が児童文学者の上田真而子《まにこ》さんであることを露知らぬ私は、この世にこのような美しい雰囲気の夫婦がいるのかとただ見とれて、心は大空を舞っていた。「京都には真似するに足る大人がいっぱいいる」と言った私の若い息子の言葉が頭をよぎった。

楽しい逢瀬のあと、上田真而子さんから本を四冊お土産にといただいた。帰りの電車の中でまず読み始めたのは、『あのころはフリードリヒがいた』（リヒター作・岩波少年文庫）である。それはヒトラー時代の自らの経験をつづったもので、フリードリヒはユダヤの少年である。彼の友人ドイツの少年である〈ぼく〉が語る一切の言い訳をしない事実の数々。これがどれほどあの時代の人間を深く伝えていることか。行きと帰りと手にしている本の縁に私は不思議さと感動をおぼえていた。

そして今日は八月十五日…。

（1999・9）

コソボのアデリーナ

国際物理学会に出席する夫にくっついて古巣シュッットガルトに行ってきた。昔世話になった教授の退官と誕生日を兼ねた大パーティが行われるとあって私も参加した。教授夫妻の大喜びの顔を見たとたん、飛行機代の高さはたちまちすっとび、来たことの幸せを思った。

ホテルは取らず親友のハイジとベルントの家に泊めてもらった。彼らの二人の娘たちは、それぞれに独立、今は夫婦二人だけの住まいになっている。ベルントは定年退職して好きな絵を描いているし、ハイジはホスピスの仕事で忙しい。久しぶりの再会を喜びあっているところに、大きな黒い瞳の若い女性がピアノを弾きにやってきた。聞けばコソボに住むアルバニア人で、名をアデリーナという。彼女は毎日ハイジの所で５、６時間ピアノを練習していく。

コソボ紛争が始まってまもなくの頃、彼女の兄がシュッットガルトにコソボ難民としてやって来た。ドイツ政府から難民手当を受け生活していたが、収入がきちんと得られるようになったと同時に、彼は難民手当を全額返却したそうだ。誇り高い強い青年だとベルントが感心していた。その兄を慕ってやって来たのが彼女なのだが、紛争が激しくなりＮＡＴＯの空爆が行われ、彼女は帰国できなくなってしまった。両親の生死も長い間定かでなかったという。コソボでピアノを学ぶ音大生の彼女が途方に暮れていた時、それを知ったハイジが手をさしのべたのであった。

ドイツに来て半年というのに、若い彼女はドイツ語をよく話し、顔中ほころばせて笑いを絶やさない。ピアノに向かいコソボの歌を弾き語ってくれた。「雪の花」というのだそうだ。乙女が故郷の歌を目をうるませて歌ってくれた。「本当にびっくりするわよ。今歩いた所で地雷が爆発し間一髪で助かった。」それを彼女は笑って言う。聞く方は硬直して声も出ない。いまだに百万個が埋められているといわれているそうだ。

アデリーナは今は皿洗いや掃除をしながらコソボに帰れる日を待つのだとつぶやいた。私はテレビや新聞でのみコソボ紛争を知るのだけれど、ドイツではコソボはこのように身近なものになっている。

戦後40周年の時、ドイツの指導者たちは世界に向かって和解を求め、将来のドイツがどうあらねばならないかを問うたそのことが、個々のドイツ人の心に生きている証のようなものを、私はハイジたちを通して感じていた。指導者は告げたのだった。保護を求める人々に門戸を閉ざすことのないようにと。コソボのアデリーナが両親の元に戻れるのはいつなのだろうか……。

（1999・11）

またもやシシィ・エリザベート

「サッキ、まだシシィに狂っているの?」ミュンヘンに着き、イングリットに会った途端の第一声。「狂ってる!」と答える私。やっぱりと言わんばかりのイングリット。かくして翌日は列車を乗りついでミュンヘン郊外のシュタルンベルク湖へと連れ立った。

9月。真夏のような日ざしの中、真青な湖に白鳥が数え切れぬほど泳いでいた。中型の遊覧船に乗り込んで湖を渡る。バカンスを楽しむ人々がヨットやボートに乗り、手を振っていた。15分も乗っただろうか。赤い屋根と白い壁のポッセンホーフェン城が木々の間から見え隠れし始めた。「シシィ」ことオーストリア皇妃エリザベートの生まれた城である。

船を下りて林の中をどんどん歩いていった。今は個人が所有しているシシィの生家は驚くほど可憐で、城というよりちょっと裕福な人の館だった。子どもがたくさん住めるような、シンプルな明るい建物。館と館の真中に小さな教会が立っている。ここで七人の兄妹に囲まれ自由奔放に15歳まで育った少女が、ハプスブルクの皇妃になるため、ウィーンに嫁いでいったのだ。

彼女の生家から林を抜け湖の際に出た。小さな花が青や白、点々と咲き乱れていた。このずっと向こうの対岸で、バイエルン王ルートヴィヒ二世が謎の死をとげた。湖の中ほどに小さな島が浮かんでいる。シシィとルートヴィヒ二世が時々会っていたというローゼンインゼルだ。ヴィスコンティ監督の映画「神々の黄昏」で私が最も美しいと思ったあの朝もやのシーンの本物が目の前に迫っている。ドキドキした。

小さな舟に乗って島に行った。足をおろした瞬間、真白い雪の塊が目に飛び込んできた。目をこらせば一羽の白鳥の無惨な死骸であった。周囲は一面真白い羽。まるでそれは皇妃にならなければ、ただ麗しく健康な自然を愛する女性であった内気なシシィの、息たえだえの人生を思わせるものであった。

さっき見たばかりの彼女の生家の素朴さ。そして山と湖、森に林にとバイエルンは美しく伸びやかだ。ここを駆けめぐっていたシシィがウィーンに行き、文化と伝統の前に情緒不安定を引き起こし、放浪の旅を始めたのがわかるような気がした。彼女はバイエルンの愛くるしい田舎娘だったのだ。そう思うと、その後の彼女がウィーンを拒否しながらも、あれだけ優雅に成長していったことに、私は敬意を覚えた。

美しくあることに自分を律したのは彼女の誇りであり、人生への挑戦であったのだろう。私は死んだ白鳥の羽を一枚二枚と拾い上げていた。イングリットがそんな私を笑って見ていた。

（1999・12）

KOBEふれあいの会

「KOBEふれあいの会」を初めて知った。この1月で20周年を迎えた、入浴サービスのボランティア活動の会である。20年も以前に入浴サービスに目を向け、ボランティア活動をしてきた人たち。何というありがたい実践だろう。「寝たままでの入浴を何とか実現したい、個人の思い通りの入浴を実施したいという思いを大切にしながら続けてきた」とは、その活動をしてきた人たちの言葉である。

昨年の暮れ、私はその20周年のお祝いの会に参加させてもらった。その時、あなたからみて福祉とはなんでしょうかという、大変難かしい質問を受けるはめになってしまって、私は狼狽した。答えに窮しながらも、自分の身近で考えることでしか正直な答は出てこない。だから私は、「私にとって福祉とは、現に一人では生きていけなくなった97歳の実母と86歳の義母に添い、彼女たちの思うような生き方を助けることでしょうか」と、言葉を返した。

会場で、会の歩みが書かれた冊子をもらった。それによると動機は移動入浴車がまず目の前にあったということだ。最初は有志が集まり入浴サービス講習会を開催し、一六人が参加した。それが主要メンバーとなり、ふれあいの会が誕生した。試行錯誤の続く中、入浴後の満足した利用者の顔や介護者の感謝の声に支えられ、活動は続いていったという。

　やがて移動バスタブではなく、自宅の浴室で、ゆっくりと入りたいという要望もかなえられるようになった。さらには利用者の外出支援、そして、利用者自らが会で活動する人とともに会に参加してもらえるところまで発展してきているとあった。

　祝いの会では、利用者の一人が車イスを動かし謝辞を述べた。

「私はふれあいの会の方にお風呂に入れてもらって、体を洗ってもらい、アセの一滴までふいてもらっています。その上、外にも連れていってもらっています。私は未来をもらった気持です」

　その人は、これからは自らも可能な限り車イスに乗り、ふれあいの会を多くの人々に知ってもらうよう説明することなどで、受け身の自分を能動的に変えていくのだと力強く語っていた。会には外国人もちらほら、私のように何も知らない者も参加させてもらえた。活動する人、受ける人、また会を支援する様々な職業の人、ＯＢの人たち……。会の持つ視野の広い、おおらかな雰囲気がとてもよかった。

　発起人の一人に垂水消防署の浮田伸さんがいた。当日火事があって遅れて参加。まだ緊張感の漂う制服姿が、凛々しく頼もしかった。私はボランティア活動の原点をそこにみていた。

（２０００・３）

テナーサックス

近所の愉しい友人から封書が届いた。何事かと私。美人で、生き生きと今を生きるタイプの、まさに女ざかりの友人からだ。好きな人が出来たとでもの相談かと、私は急いで開封した。

「一番館サロン『サクソフォーン・カルテットの魅力・バッハから演歌まで』神戸元町地下画廊スペース、ソプラノサックス…○○○、アルトサックス…○○○、バリトンサックス…○○○、そしてテナーサックス…張さつき。曲目はバッハのG線上のアリア、エトセトラエトセトラ。」

「お変りなくおくらしですか。突然ですが同封のチラシがファックスで送られてきたので、私は飛び上がってびっくり。あの笑い上戸の張さんがサックスを？　あのお年で吹いていたの？　笑いながらふけるものなの？　どんなドレスを着てくるのかしら、ニタニタ笑いのかわいい張さんと目が合って吹けなかったらあかんし…。肺活量ちゃんとあるのかなあ。けど羨ましいな、見かけよりマッチョなお姉さまなんやわ…」

友人はほんの少しの迷いも疑いもたず、私と信じ、「張さつきのテナーサックス」を聞きに行く決心をした。彼女はもう一人の共通の友人にも声をかけ、何故かひまわりの鉢植えを買い求め、それこそドレスアップして出かけたのだった。

ところがである。出てきたのは私にあらずして、年も若い若い大学生だった。二人の熟女が笑いをこらえるのに、どれだけの努力を必要としたか。それを思った途端、私の方は笑いがはじけ飛んだ。手紙を二回読んで、さらに読んでクックックック笑いは止まらず、勢い余ってあちこちにファックスを入れて遊んだ。

後日、恒例の全日本ディキシーランド・ジャズ・フェスティバルがポートピアホテルで開かれた。幼馴染みの大松澤晴実さんがニューオリンズ・ノウティィーズを引き連れて東京からやってきた。彼はトランペットを吹きながら、ルイ・アームストロングばりの声で歌もうたう。仕事と趣味を共有してここまで高めている彼に私は大喝采を送りたい。

私はこのフェスティバルがとても好きだ。神戸とジャズはよくとけ合う。演奏する人と聴衆が共にハッピーになるから愉しいのだ。

ヒヤー、あれがテナーサックス。あれは吹けない。いくらなんでも私とテナーサックスの組み合わせ、これは奇想天外と、今度は私が会場で笑いをこらえなければならなくなった。同姓同名の面白さにテナーサックスがくっつくから余計おかしい。

それにしても、ひまわりの花、私にくれるんじゃなかったのかしらん。

（2000・9）

『ふと思った。六百字の風景』

私の若い大切な友人、潮崎孝代さんが本を出版した。何と素直な題。『ふと思った。六百字の風景』。題を見た途端、彼女のすべてが思い浮かんだ。やさしい眼差し、ふくよかな雰囲気。春が漂っている人だ。その彼女が街で、道で、電車の中で、大勢の人の中でふと思ったことを書いてくれた。それに元神戸新聞の林利三郎さんが描かれた絵が添えられている。林さんと潮崎さんの織りなす美しい世界。

彼女が見つめる視線の奥の限りない優しさに、私の心はポカポカと躍動した。

潮崎さんは今、三宮の中心、路上にある「ハロースステーションこうべ」で働いている。でも以前はさんちかタウン・インフォメーションこうべにいた。私はそこが滅法好きだった。今はポートライナー住吉駅に並ぶおっぱいのレリーフは以前そこにあったのだ。ベンチも用意されて、市民が憩う良い場所だったのに、今はもう何もない。そして何よりそこに潮崎さんが居たのだ。その頃彼女は「75センチの向こう」と題してさんちかタウンを行き交う人々のことを書いていた。戸びらのないインフォメーションがどれだけ多くの人々の心をなぐさめ救っていたか。インフォメーションのお姉さんたちは神戸市民のセラピスト的役割をも果たしていたのだ。

今度の本もそうだ。「ふと思った」、このふと思うことの素晴らしさを私はまず感じた。そして否応なしに今の自分の生活を省みた。忙しさにかまけて、私はふと思うことすら忘れているのではないか。いや忘れるというより思わないように心にふたをしてしまったような私。何も思わないというのは人間への拒絶ではなかったか。潮崎さんは反対に、忙しい毎日に違いないのに、どこへ行っても、何をしても何かを思う。人を想う。

おすし屋さんのシャッターに貼ってあった一枚の紙「アマリリスが咲きました。」このメモから六百字の彼女の世界が広がっていく。「定年退職のため、本日の演奏が最後になります。」このメモを演奏会場で見のがさない彼女。生きとし生きるものへのいとおしさに満ちあふれている。

出版記念会に行った。黒いドレスに身を包んだ彼女はどこまでも控えめでひそやかだったけれど、美しく輝いていた。市役所の人たちがいやがる彼女をくどいての会だとか。市の人も彼女をよく理解していると思った。聞けば父上が前日亡くなられたのだそうだ。黒い服と赤い胸の花は今日の彼女のすべてなのだ。

そのお父さんのことも書いている。「遠い花火」。父親の肩車から、はるか遠方の花火を見た幼い日の彼女。

父上はこの美しい本を読むことが出来た。

（2001・2）

『雪』の存在

私がかの有名な何代か前の『雪』の編集長、窪田哲夫さんに初めて会ったのは、指折り数えてみると22年も昔のことである。夫人の栄子さんと私は子どもの学校のＰＴＡ仲間であった。こんな人が世の中にいるのかと思うほど、栄子さんは愉快で素敵な人だ。魅きつけられるままに彼女の家に行ったら、真昼間なのにご主人が部屋の中につっ立っていて、びっくりした。丸々と太った可愛らしい顔の人で、私を見ると大急ぎで停車してあった赤い車に飛びのって出かけてしまった。赤い車には『雪』の文字がくっきりとかかれていた。取材途中忘れものでもとりに戻っていたのだろう。

それが神戸市消防局の車であり、『雪』は消防局の広報誌で、ご主人はその編集長であることを、私は知った。そしてまもなく〝窪田パーティ〟なるものに参加させてもらうことになった。このパーティのすごいこと、延々と夜中を過ぎ、泊まっていく人もいるすさまじさ。これは哲夫さんより栄子さんの力が大きいとすぐに分かった。カムカムエブリボディのご主人に輪をかけたくらい、栄子さんも人が好き。パーティは大入満員で神戸市の有名人が座る所もなく立っているのがおかしかった。

大西雄一先生に会ったのもここでであった。消防局長だったと聞かされた私は「お若い頃はホースで水をかけられたのですか」と聞き、先生はきょとんとしていた。ある時先生は、穏やかにけれど毅然と窪田さんに話していた。それは『雪』は小さな広報誌ではあるけれど、大事な存在で一冊一冊を大切に作って欲しいというような意味あいであったのを妙に覚えている。

今年の3月、鴨居玲展が大丸とさんちかの両ミュージアムで開かれた。心にずしりと響く良い展覧会であった。神戸はかほど個性的な画家を持っていたのだと深い思いを抱いていたところ、マイスター大学堂の久利計一さんから「追悼・鴨居先生さようなら」を送ってもらった。15年昔の『雪』である。久利さん、嶋田勝次先生、生田消防署の小前さん等が玲先生を偲んで書いていた。『雪』が果たす歴史的役割を改めて知る思いであった。

私がエッセイを書かせてもらうようになったのは、その大分後のことだ。そして名編集長窪田さんは退官していった。仲間も『雪』のムードも少しずつ変わっていく。変化は人々が生きている証拠にちがいない。でも『雪』の存在は常に不動だ。私は年賀状で何が嬉しいかというと、こんなのを見つける時だ。

「銀行で『雪』読みました。あなたのはかなり深刻なテーマなのに、何かおかしく、笑いました…」

（2001・6）

第三章

夫からのプレゼント・妻からの贈りもの

1　夫からのプレゼント・妻からの贈りもの

夫からのプレゼント

ゲデレー城

あと少しで定年を迎える我が夫。めずらしいことに、「国際物理会議への出席ももう最後になるかもしれないし、一緒にハンガリーに行こう」と誘ってくれた。意外な言葉に驚いたものの、二人の老母を介護している身の上でまさかねと私は否定した。「行きたくないのか」と、また夫。「行けるわけがないじゃないの」「レディスプログラムにブダペストのゲデレー城が入っているんだよな」「行く‼」と私。ゲデレー城は、ハプスブルクの皇妃エリザベートの好んだ城であるが、普通の観光ツアーには決して入らない。かくして二人の老母たちの世話をそれぞれの人に頼み、相当の無理を承知で私の久しぶりの海外旅行が始まった。

私にとって東欧も初めてならば、かつて共産圏であった地を訪れるのも初めてであった。胸高鳴る思いとはまさにこれ。欧州の大洪水の影響でドナウ川は濁ってはいたけれど、ブダペストの美しい夜景には息をのんだ。ドナウ川をはさんで両側にそびえ立つ美しい建造物。天に向かって真すぐ伸びる数々の塔の荘厳さ。橋は比類ない美しさで水面にも揺らいでいた。エリザベート橋は夜にこそ映える。昼間、このエリザベート橋を渡った。彼女の像が近くにあるはずと、探すこと小一時間。あまりにひっそりと橋のたもとの、これまた小さな公園にたたずんでいるので、なかなか分からなかった。でも美しい姿形は写真で見たとおり。大いに満足した。

目的のゲデレー城はブダペストの郊外にあり、かなりの時間バスに揺られて行った。途中の景色の何と牧歌的なこと。ウィーンを嫌いハンガリーを好んだというエリザベートの気持が分かるような田舎が続いていた。城はこぢんまりとした可憐なもので、彼女の生まれ故郷、バイエルンの実家を思い出した。ウィーンに対しハンガリーは小さな属国であり、エリザベートがその属国を庇《かば》っていた証のようなものを、その城に感じた。

私が一番見たかったのは彼女のデスマスク。あの光り輝く美しいエリザベートの晩年、といっても61歳で暗殺されているのだけれど、その最後は老いた一人の老婆だったと何かの本で読んだ私には気になることだった。しかし、デスマスクは想像とは異なっていた。それはどこか少女の面影を残す上品な美しいもので、生きていることが苦しかった彼女が安らいでいた。

ハンガリーはこれからの国なのだと、ブダペストの観光客の多さに目を見張りながら私は思った。町の復元、改装が急ピッチで進められていた。エリザベートの存在も、さらに大きくなるにちがいない。

ブダペストの街

内も外も傷だらけのブダペスト。大きな目のきれいな女性の多い魅力あふれる街。チャルダッシュとグヤーシュ!!　哀愁と陽気さの両面を持ったブダペスト。

ヨーロッパ最大のユダヤ教会（シナゴーグ）に行った。二つの塔をもつクリーム色の大きな教会。丁度日曜日の午後でお祭りをしていた。中庭では優しくけだるい感じの音楽に合わせて、二、三組のユダヤ人がダンスをしていた。

屋台の店が立ち並び本屋があった。見るともなく見ていたら、アンネ・フランクの本が目に入った。父親の筆によるものらしく、私が今までに見てきた写真の他に、知らない写真が沢山あり、欲しいと思った。でも知らない言葉でもあり、スーツケースのことを思い止めた。私はアンネに別れを告げるように、そおっと元の場所に戻そうとした。すると、若々しい手がすうっと伸びて、私から本を取ろうとする。はっと目を上げると、売り子さんの娘が私を見つめていた。二人の間に共通の想いが走ったのを互いが認めあい、黙ってひそやかに本を返し別れた。シナゴーグの裏庭にはステンレスのかたまりのような大木が立っていた。薄いアルミで出来た柳の葉の一枚一枚には、ホロコーストの犠牲者の名前が書かれてあるのだった。

重い心を抱きながら黄昏時を歩き、ドナウ川沿いのレストランで夕食を取った。もちろん、楽団つきの野外レストラン。ヴァイオリン弾きが既に盛んにウインクをしている。夫と二人、グヤーシュを注文する。楽団は次から次へと主に映画音楽をやっていた。異国情緒が刺戟されて、私はだんだん目が輝きだした。ヴァイオリン弾きが近づいてきた。ご希望の曲は？　チャルダッシュ!!　オーケー・チャルダッシュ。目の廻るような早さで曲は上へ上へと昇りつめていく。そして急転回スローテンポで哀愁をおびて終っていく。

まるで私一人に弾いてくれるかのようなサービス。いい心持に音に酔い、私は美男子のヴァイオリン弾きをみつめた。楽器を見れば激しい早さに白い粉がへばりつき飛び散っていた。休憩らしく楽団が去っていったのでスープを飲みほし、トカイワインを味わい肉を食べデザートの生クリームの山に挑戦した。

再びやってきた楽団。前に増しての熱演で真すぐに私の所にやってくる。他にも女の人はいるのにとぎょっとして身構えば、CDを手にしていた。「CDは如何?」夫は急に知らん顔して「はしゃいだのはお前さんだぞ。買うなら自分のお金で買って。」値段を聞けば結構な金額。愉しかったんだもの、嬉しかったんだもの。私はそれを買った。

そしてブダペストの夜はふけていった。

ドイツフラウと一緒だと苦労する

以前ミュンヘンから旧来の友人・イングリットが遊びで日本へやってきた時のこと。晩秋のある日、飛騨高山の白川郷経由で能登半島まで、一泊二日のバスツアーをした。イングリットにとって初めての日本でのバス旅行。とても喜んでくれたけれど、私と二人というのが心配でたまらない様子。

ドイツで知り合った二人だから、私がどの位方向音痴で、どの位そそっかしいか分かっているものだから、バスの集合場所からして、彼女は心配する。大丈夫、ここは日本だからを私は連発し、私についてきてとばかりに連れ立った。

そのツアーで私が一番びっくりしたのは、彼女がトイレにいかないこと。最初はトイレの様式のことかと思って、さかんに私は説明した。「ちがう、行く必要がない」と彼女はいう。昼食を取っても大丈夫という。「ネ、ネ、イングリット。日本には音姫といってね、きれいな音が出ている間にするんダヨ」興味をそそることを告げても、バカみたいというような顔をしている。

だんだん私も心配するのが馬鹿らしくなって放っておいた。そして私一人で何回でもトイレ休憩を利用した。またなのとあきれているのはイングリットだけ。大方の日本人はぞろぞろトイレに入っていく。そして何か飲む。結局彼女は能登のホテルに着くまで、行かなかった。時間にして12時間。きっと膀胱の大きさが我々とは異なるのに違いないと私は結論した。

そして今回、ブダペストでもやはり旧来のドイツ人の友ヒルダと出会い、二人で街を歩き回った。ヒルダがいった。「サツキ、地下鉄に乗らないで歩こうよ。健康にいいよ」地図をしっかり持って二人で歩いた。

エルジェーベト広場から始まって、皇妃と仲の良かったアンドラーシー通りをてくてくと真すぐに。国立オペラ劇場に寄り英雄広場へ。途中互いの興味ある所があればそこにも寄る。買物もする。私はすぐに疲れるけれどヒルダは決して疲れない。その上またもや私はトイレである。ヒルダに声をかけると、怪訝そうな顔をして全然必要なしといい、もう少し我慢しろという。お腹が空いたといえば、ダイエットのチャンスよという。またしばらくしてトイレというと、もう少ししてからカフェに入ろうとまたもやの我慢。しまいに私は何も見えずトイレのことしか頭にはなくなってしまった。

やっとカフェに入り、私は目的を果し、さすがのヒルダも疲れてきて帰りは地下鉄に乗った。十駅乗ってホテルについた始末。

私はつくづく思う。世界中、どこにも戦いがないことを希むけれど、ドイツ人と戦っては絶対負ける。膀胱の大きさで勝敗は決定すると思った。

カーディフ

夫からの贈り物は、結局イギリスのカーディフ、ハンガリーのブダペストそして第二の故郷と私たちが呼んでいるドイツのシュツットガルトへの旅行であった。定年退職前のこのよき贈り物を私は心からありがたく思って受けた。イギリスも私にとって初めての所。ロンドンのヒースロー空港から長距離バスにのってウエールズの州都カーディフに行った。夫はカーディフ大学で仕事があった。

カモメが驚くほど沢山道路を闊歩し、低空飛行を繰り返している街カーディフ。小さな街なので地理に疎い私でも自由に歩き回れる。お城の周辺はアーサー王の世界で、今にもガチャガチャと剣を交わす音が聞こえてきそう。広い庭で私は、日本と全く同じ「オオイヌノフグリ」を見つけた。「ワスレナグサ」も、日本と同じ吹けば飛ぶようなたよりなげなものである。急にイギリスに親近感を覚えた。

メインストリートを行き来した。私は雑踏の中の人々を見ているのが好きだ。道には二カ所メリー・ゴーラウンドがあって子どもたちが陽気に遊んでいた。屋台のお菓子屋さんが立ち並んでいたが、中にとても愛くるしい売り子さんがいた。その可愛さに見とれて思わずそばのベンチに腰を下し、彼女をそっと見ていた。幼い子どもが次々にお菓子を買いにくる。小さな紙袋に好きなだけ入れて、目方を計ってもらってお金を払っていく。

そこへ道路掃除のおばさんがやって来た。何ともひどい格好で髪の毛はバサバサ。そのおばさんの横にもう一人。こちらは彼女ほどではないけれど、やはりみすぼらしい年寄りである。でも二人はあきらかに可愛い売り子の親戚かどちらかが親らしく、この上なく嬉しそうな顔をして娘に笑いかけている。言葉は分からないけれど、「お前にぴったりのいいものがあったから買ってきたよ」といった感じで、袋の中から二枚のデニムの上着を取り出した。ブルーとベージュ色の物で、さあ着てみなさいと、二人してやんやの催促。娘の方も喜色満面、腕を通す。それを目を細めて見る満足気な二人の老女の笑顔。

子どもがまたお菓子を買いに走ってきた。片方の袖を通しながら、目方を計りお金をもらっている。彼女の大きな目はうすい茶色で、目のふちが黒い。南と北のヨーロッパの混血といった感じのその大きな目が喜びでピカッと光り輝いているのだ。私までたまらなく幸せになってきた。そしてこれはどこかで見た光景だと思った途端に思い出した。まぎれもなくそれは少女の頃の私であり母であった。母のとびきりの笑顔が蘇った。オオイヌノフグリといい、イギリスと日本の情緒、どこか似ていると思った。

第二の故郷シュッツットガルトで

一足先に日本へ帰っていく夫を見送り、一人シュッツットガルトに残った。友情を交わし合って31年になる、ハイジとベルントの家に泊ること6日間。知り合った時と同じ場所の同じマンションに彼らはいる。

私が真先きにしたことは、お墓まいり。まずベルントの両親の所へ。お父さんの目の表情は今も私の脳裏に焼きついている。池にポトリと水滴が一つ、それが輪をかいて広がっていくように優しさが輝き出す彼の瞳。小菊の鉢を買い求め植え込んだ。次は31年前に我々四人家族が住んでいたマンションの大家さん。大家族の墓で大家さん夫婦の外におばあちゃんとおばさんを知っている。毎晩の如く、一緒にワインを飲んでいた。その陽気さといい勤勉さといい、典型的南ドイツ人風で、好きだった。ここにも菊を植えた。そして三つめはハイジのお父さん。先回来た時はとても元気でヴァイオリンを弾いてくれ、私もそれに合わせて歌ったのに。赤と白のバラを植え、永遠の憩いを祈った。私はドイツの墓がとても好き。静寂につつまれ秩序正しく整頓され、何よりも花が美しい。競うが如くきれいな花に囲まれ、死者が眠っている。

お墓の次に好きなのは野原と森。秋たけなわでりんご、梨、プラムが木の枝も幹も隠すほどに実をつけている。足元には野の花が咲き乱れ、ジャガイモ畑は収穫が終わり、豊穣な土をみせていた。その土に収穫のお礼の花束が大きな桶に入れて捧げられていた。ハイジがその花束に向かって祈っていた。私の大好きなドイツの田舎の光景だ。ひまわりとグラジオラスの花畑に足を踏み入れてしまった。看板があって、どれも一本七〇円。缶カラにお金を入れるようにしてあった。私はひまわりとグラジオラスの激しい色彩にドイツを感じていた。

お墓や田舎は昔のままのように思えたが、街の中は随分変化していた。ユーロはまだ落着かず、買物をすると、「この値段はまだドイツマルクで、ユーロにするとこうなります」と何度かいわれた。通りを歩くと塀や壁に落書き。ゴミも結構ひどくて、往年のドイツはこんなではなかったと思った。そしてごろごろしている若者の集団に胸が痛んだ。ハンガリー、イギリスと巡って来て、いずれも短い滞在だったけれど、今、ヨーロッパは疲れているなあという気持を深く持った。ドイツもしかり、とても苦しんでいるという印象を受けた。

一目で外国人と思われる人たちの多さ。小学校では正しいドイツ語を話せる子どもがいないほどとか。新聞の読めないドイツ人の増加を友人が嘆いていた。日曜日の教会の前には、何をするともなく、大勢の若者がたむろしていた。ドイツは悩んでいる。でもとにかくこんなに多くの外国人を受け入れている…。

別の日、朝市に行った。近郊の農家の人が出来たての野菜や花を売りに来ている。活気があって、素朴で面白い朝市だけれど、ここでもその変わり様にびっくりした。花はもう日本もドイツも同じ。今は秋、朝市は日本の菊であふれススキもほおずきもあるのだから驚いた。目を食料品の方に向けると、テラスレストランで焼きそばを食べているドイツ人と目が合った。30年前にはピザひとつなかったのに。

そういえばハイジたちと、昔よく行った田舎のレストランに今回も行って、シュッットガルト名物の手打ちうどん、シュペッツレを食べた時のこと、店の女主人が出てきて挨拶をしてくれたついでに、客の少ないことを嘆きはじめ、若者の田舎ばなれを語っていた。「若い人はもうドイツの田舎料理など食べませんよ。この店も日曜日だってガラガラ」。女主人の目がみるみるうちに潤んでくるのだった。

朝市でハイジとベルントのために、大きな菊の鉢を買った私は、カスタニアの大木の下のベンチに腰を下ろした。お城の前の公園は昔のまんま。30年前、私はここで二人の子どもを遊ばせていた。当時3歳だった息子は今、東京で暮らしている。アーティスティックな仕事を通して「この美しい地球をキャンバスに、もっと美しい絵を描いていけるような、絵をかかない立派な絵師になりたいものだ」とか、理解に苦しむ文章をメールしてくるけれど、彼のいいたいことはよく分かるのだからやはり親と子。母親の私が出来る彼への贈り物は、彼を、自由に放り出しておくことと思っている。

そして1歳だった娘は今二人の子どもの母となっている。生命を育てるという大変な仕事をしている。あの二人がここで遊んでいた頃、二人ともひどくおとなしい子どもであった。これはきっと言葉の分からないドイツで母親が緊張して暮らしていたせいだろうと、私の子育ては一体どうだったのだろうかと思い至った時、不意に涙が流れ落ちてきた。生命を産んだ母親は生涯、子どもの幸せを願うものだと、煩悩と見境のつかない愛情に心をふるわせながら、しばし私は時の立つままにしていた。

ハイジとベルントの家に戻ったら、昼食の用意が出来ていた。いつもの通りの、美しいテーブルセッティング。テーブルかけの色に合わせたローソクがもう灯をともし、三人で手をつないで「いただきます」をした。この習慣は子どもたちが小さかった時、二家族の八人が手をつないでやっていたものなのだ。寸分たがわぬやり方を今も続けている私たち…。

（２００２・９）

妻からの贈り物・チェロ

夫はかなり以前からチェロを弾きたがっていた。何しろ多趣味な人で、それをとことん極めたがる。娘が小学校の二年生の時、そんな父親像を作文に書いたことがあった。「パパは今はリコーダーにこっています。少し前にはコーヒーゼリーを作るのが大好きで、いつ冷蔵庫をあけてもコーヒーゼリーが入っていました」このコーヒーゼリーとて、豆を煎ることから始めるから、相当の凝りよう。娘の作文はまだ続く。「もう少し前にはギターでとても上手でした。それより前は合唱団に入って歌をうたっていたそうです。」そして夫はリコーダーと同時に釣りにも凝りだして、一時は毎週末、近くの海に出かけていた。それは今も続いているけれど、合い間合い間にチェロを手にしたがっているのを私は知っていた。

母を引きとってくれると夫がいった時、私は本当に嬉しかった。そしてその時、チェロを買ってプレゼントしようと思ったのだった。私がそう思った頃、夫の方は何故か神戸元町のヤマハで、「サイレントチェロ」なるものをみつけていた。これは骨格だけあって共鳴箱のないチェロで、みたところはまるで大きなカマキリみたいだった。ヴァイオリニストの親友についてきてもらって弾いたり音を聞いてもらったりした。値段が手頃なのと、サイレントチェロの名前通り、防音のない我がマンションで、いかにも適当かと思われた。

　でも親友は反対した。「ちょっと悲しすぎるわね」であった。私もなんとなくそう思った。カマキリにはチェロのような優雅さが欠けている。サイレントチェロは見送ることにして、チェロのことはいつも考えていた。ある日、偶然、バイエルンオーケストラのコントラバス奏者の河内さんから電話がかかってきた。我々のドイツ時代のよき友人家族で手紙を書くことが大嫌いな河内さんは、しばしば突如として電話をかけてくる。そこでサイレントチェロのことを話した。「うーん。ドイツでも結構人気はあるんだよ」といいながらも、彼も反対意見で、その値段でチェロを探してあげるよというのだった。急ぐことでもないし、たのむわねで電話は切れた。

　それから1カ月。日常の忙しさにまぎれてチェロのことは忘れていた。また河内さんから電話がかかってきた。「弓代、ケース代、税金、送料、すべて込みで三〇万円、新品のチェロよ。僕が見立てた。学生用の練習チェロだけど、出来立てよ」エエーッ、もう見つかったの、驚嘆やら歓喜やら入り交じった声で私はありがとうをいうのがやっとだった。

　夫の喜んだことといったらなかった。それを見て私も大喜び。河内さんのすることは万事が早く、1週間後には日通から電話が入った。チェロが届く日、夫は大学から早く帰ってきて、ずっと窓から外を見て、日通の車を待っていた。車がみえた時、五階のマンションの窓を大きくあけ、「ここだ、ここだ」と手を振って合図をしていた。

目の前で見るチェロの大きなこと。ケースをあけると、甘い香りが家中に流れた。メープルシロップの匂いだ。出来たてのチェロ。なんと美しい色あいだろう。しかも私から夫への贈り物。私は少し得意気だった。先のヴァイオリンニストの親友も満足した。一件落着のめでたしの話だったのだけど、チェロの先生はいずこに…。

なんでも自己流にが得意な夫だけど、チェロばかりは初歩の手ほどきだけでもと、先生を探した。それもまもなく解決。レッスンの初日がやってきた。赤いクルマに乗って、濃い赤色のチェロのケースをかかえながら、流行のミューレをはいて、若くて美しい女性が現われた。私が感嘆するくらいだから、男の夫は。何もいうまい語るまい。

彼女の弾くチェロのひびき。近くで聞くと心臓ばかりでなく内臓が共鳴してくる。こうして1カ月に二回、その女性から、夫はチェロを習い始めた。前日は大騒ぎ。練習には余念がなく、お渡しする新札のチェック。ドイツ人の友人、アクセルにもことのなりゆきをミュンヘンまで電話で知らせた。彼はすぐに、「本当にチェロを買ってから先生を探したのかい？　先生の方が先にいたんじゃないの」と聞くのであった。チェロのレッスン日、私もとても愉しい。先生の音色と夫の音色を比べたりして…。

（2002・5）

2　家族の中で

高坂のおばちゃん　ありがとう

昔々のことを思い出す。戦争が終わり私の父が死んで昭和22年のお正月だったのでは？　京都の泉川町の高坂正顕先生の家で百人一首のカルタ会があった。お座敷に私の兄姉や高坂三兄弟、その他にも大勢の人がいた気がする。おばちゃんが読み手でその空間をすさまじい早さの取り手の腕が交叉していた。皆若くて力がみなぎっていた。6歳か7歳の私はそんな皆の中でまるで赤ン坊だった。おばちゃんはひときわ元気で声が大きく若々しく、どこにいても皆の中心だった。そんなお正月、私はおばちゃんから大きなリボンをもらった。頭中がリボンになる位、大きなリボンだった。おばちゃんは私をとても可愛がってくれた。

十数年がたち、おじさんは学芸大の学長で目黒の学長官舎に住んでいた。高坂三兄弟も木村の者もそれぞれに皆家庭を持った。おばちゃんは新所帯の私に、それは色々なものをくれるのだった。おじさんがそばでそんなおばちゃんをニコニコみている。「おばちゃん、もうこれで十分、ありがとう」という私になお何か探している。「おばちゃんは人にあげるものがあるのが幸せなのよ」温顔のおじさんの目が一層優しく私をみつめていた。そしてまもなくおじさんは亡くなった。

1973年の初春、私たち一家はフランスのストラスブルグにいた。私の子どもが4歳と2歳の小さい頃、そこにおばちゃんと正堯ちゃんが訪ねてきた。おばちゃんは南米のどこかで仕事をしていた三男節三さん一家を訪ね、ロンドンでこれまた仕事中の次男正堯ちゃんのもとを訪れ、そして正堯ちゃんにつきそわれて、パリ経由ストラスブルグまで足を伸ばしてくれた。

おばちゃんは黒いズボンに、こげ茶のミンクの半コートを着て帽子を被りそれは毅然として美しかった。私たちは小さなフォルクスワーゲンに乗り、フランスの田舎や国境を渡りドイツの黒い森の裾野の雪景色を楽しんだ。天下の正堯ちゃんもおばちゃんの前では普通の息子になり、あの頃のおばちゃんと正堯ちゃんの力関係は完全におばちゃんが上だった。正堯ちゃんはそんなおばちゃんに叱咤激励されて、ヒョコヒョコついて歩いているのが見ていて愉しかった。

ヨーロッパからの帰国後私たちは神戸に移り住んだ。五月八日は正堯ちゃんの誕生日で、私の誕生日でもあった。だからおばちゃんが京都に来ていてその日がうまくいくと、三人で食事をした。四条河原町のオーベックファンでエビを食べた。おばちゃんと私が先に来ていたところ、正堯ちゃんが悔しそうな顔で現われて、開口一番「きっちりや。今が約束の時間よ、遅刻はしてへんよ。」おばちゃんに遅いといわれるのをまず制する第一球。元気なおばちゃんは正堯ちゃんに向かって次々にさまざまな球をなげる。正堯ちゃんはそれを全部迎え撃って、またポンポンと新たになげ返す。

見事なまでのやりとりに私はただニコニコと、時には啞然となって見ているのみ。あまり辛辣なやりとりには私は断然おばちゃんに加勢した。「正堯ちゃん、ひどいよ。おばちゃんが可哀相」「かまへんのや。体中の血をさわがせて激しく流さんとボケてしまうから。これは正堯流親孝行や。怒ったら面白いよ」。おばちゃんは、本気とも本気でないとも思われる目で正堯ちゃんをにらんでいた。男の子の母として、強くたくましいおばちゃんだった。そしてその分、女の私には優しかった。娘ではないにしても、私の女の部分をかばってくれた。さっちゃんはえらそうぶらないところがよい。おばちゃん、自慢したくとも私には何も能力がないものとい う私に、おばちゃんは「女は守らないといかんものがあるものなあ」と遠くを見つめながらつぶやいていた。才気煥発で極めて頭のよいおばちゃんは、おじさんや三人の息子の生涯の中に、おばちゃんの持てる力をすべて投入してきたのだと思う。

1994年の秋、おばちゃんと正堯ちゃんは赤い外車にのって、神戸の六甲山の麓の、私たちがようやく購入した中古のマンションに来てくれた。私はどんなに嬉しく幸せだっただろう。私の上手でもない手料理を三人で食べた。その時が三人で会えた最後であった。

正堯ちゃんの死後、私は何回か茗荷谷のおばちゃんのマンションに行った。正堯は私の誇りと生き甲斐であったとおばちゃんは泣いた。私も泣いた。その私を見て「正堯のために泣いてくれる女の人がいて嬉しい」というのであった。にこやかに笑う正堯ちゃんの遺影の前に、私のバッグをひょいと置いて「さっちゃんのバッグよ。」私はまた泣いた。

茗荷谷のマンションの玄関にはかなり長い階段がある。その階段の上と下で手を振るのが私たちの別れの習慣であった。正堯ちゃんの死後はいつでもおばちゃんと私の目には涙があった。おばちゃんは正堯ちゃんの逝去を境に透明になっていった。だから私はおばちゃんに会う毎に泣いた。

今年の1月5日が私がおばちゃんに会った最後であった。12月12日お棺の中のおばちゃんに会った。ありがとう、おばちゃん、と私は何回も何回も口にした。こんなに別れが早く来るとは思っていなかったから私は狼狽し自分を見失っていた。通夜の席、偶然隣りに座った女性が「張さんでは?」と問うた。いぶかしがる私に「そんな気がしたのです、高坂さんから聞いていました。いい子なのよって。」それはホームヘルパーの中谷由美さんという人だった。おばちゃんの意思であるが如く私の隣りにすわって言うのであった。いい子だって。私は胸がはりさけ涙がバサーと出てくるのに身をまかせた。おばちゃんと胸中が叫び狂っていた。どんなにどんなにもっとお礼がいいたかったか、好きだったのよといいたかったか。おばちゃん、私は今、本当に悲しいのです……。

（高坂時生さんによせる追悼文冊子「妙時集」より　1998・12）

お土産

ミュンヘンから、親しいドイツ人の友人アクセルがやって来た。お土産にと、素敵な物をたくさんもらった。入れ物がまずふるっている。白い大型の食器用ふきんを二枚、青い太い糸で縫い合わせ、出来上がった大きな袋に、チョコレート、クッキー、甘い物がドスンドスン。私が頼んだインスタントソース類、シチューの素などがこれまたバサバサっと。それはまるで食料品店が開けるくらい。

袋の口元はやはりブルーのリボンで閉められ、ドイツの野原でよく見かけた、赤いバラの実やつたの葉で覆われていた。小憎いほどのアイディアに満ちたドイツからのお土産だ。

お土産といえば夫がアメリカから帰って来た時の出来事。一ドルが百円強になりたての頃。帰国の日、家族や義母や私の母、皆そろって食事を待っていた。帰ってきた夫が、トランクから出すお土産の一つひとつに、皆が大騒ぎしたものだった。買物が大嫌いな夫のために、私は両おばあちゃん用には、お化粧直しのコンパクトを頼んでおいた。これは助だちのつもりだったけれど、結局はそのコンパクトを探して、夫は結構大変だった様子。

ところが、おばあちゃんたちは、コンパクトをあけて、びっくり。ピンクや紫、青や緑、色とりどりの十色のアイカラーが出てきた。90歳に近い、彼女たちの髪や肌と見比べて、ドッと笑いがあがった。私など、ヒェーッとばかり大笑いしてしまったのだった。

私には美しい鳥のブローチ。シルバーが散りばめてあって、光に当たってピカッと輝く。一目見て気に入った。大喜びする私の耳に、「ハチドルだ」と聞こえた。「ほんとう、そんなに安いの。こんなに素敵なものが」「誰が安いといった？ ハチドルだ」「だって八百円で日本のどこでこんな美しいブローチが買えるかしら。安いわよ。ありがとう」「誰が八百円といっているんだよ。このブローチは相当高かった」「ハチドルでしょ」「バカ。ハチドリという鳥を知らないのかよ、これはハチドリという名の鳥だよ」

また、皆がドッと笑った。私も自分の誤解がおかしくて、謝るより先にゲラゲラ笑った。ふと見れば、先ほどから笑わないのは夫だけ。その顔は帰ってきた時の上機嫌が消えて、白々としている。ハッと思った時は、後の祭り。「ねェごめんね。ステキなものを一杯買って来てくれたのに」「ねェねェ、ありがとう、高いものを……」。今さら、高いなどというものだから、夫はプイと横を向いて、小一時間はずっと怒っていた。

（1996・11）

片付け魔と出しっぱなし

家族の者は、私を片付け魔と呼ぶ。私自身は自分の事をそんな風には思わないけれど、家の中が散らかっているのは、あまり好きではない。好きではないけれど、朝から晩まで、家中を磨きたてる趣味は毛頭ない。それよりむしろ、やりたい事が山ほどあって、それがしたいがために、家族の者に文句を言われないよう、主婦の義務や、母親の仕事を果たしているというのが、私自身の本当の気持。

そのためには、週に一回の大掃除と大買物が必要で、それさえやっておけば、案外手が省ける。だから我が家では掃除機を廻すのは週に一回だけ。でも、ガラス磨きも週に一回やる。そして、後の6日間というものは、掃除をしてないことを隠すために、私は片付け魔となってしまうのだ。

狭いマンションだから、靴下がぬいであれば、歩きついでに拾って洗濯機にポイ。その帰り、ハサミが目につけば、元の場所にひょいとかける。ハサミを片付けながら、つめ切りが目に入るから、それも元の場所へ。一方の手で、机の上の新聞を、さっと折りたたみ、その下にあった飲みかけの湯呑み茶碗を、さっとゆすいで洗いカゴへ。椅子の上に何故かYシャツが出ているから、どうせ汚れ物だろうとまた、ひょいと洗濯カゴへ。

「オーイ。はこうと思っていた靴下が見当たらないよ」と夫が呼んでいる。「片一方落ちていたから、洗濯カゴに入れたわよ。」夫はまたかといった顔で、今からはくのだとのたまう。夫は探しになど行かないから、私は自分で余計な仕事を作っているようなものだ。靴下を片一方はいていたら、急に他の事を思いついたというのだ。ならば多分Yシャツもしかりと、そっと椅子に戻しておく。

出しっぱなしにしないでと私が皆に言うと、今使おうと思うものが、空中を飛ぶように、元に戻っていると家族は私を非難する。この非難は、当たりくじの年賀状を、私がどこかへ片付けてしまい、とうとう出てこなかったという事件から、本来、片付けるという行為は悪くないのに、私の場合、非難のもとになってしまった。

ある日、夫が子どもたちに頼んでいた。「僕が死んだら、よく確かめて、本当に息をしていないか、もう一度確かめて、お棺に入れるんだよ。ママなんか、あら死んじゃったわってろくに見もしないで、お棺の蓋閉めるからね。」夫と子ども二人、妙に仲よく、結構真顔で、こんなことを、聞こえよがしに話し合っているのだった。

「おかわりのご飯は?」「あら、おかわりだったの。ごちそうさまかと思って、お茶碗洗ってしまっちゃったわよ。」なんてことに今夜はなったりして…。

（1997・1）

トカゲの尻尾

三宮の朝日カルチュアセンターへ、ドイツ語を習いに行き出して、ちょうど1年。ハプスブルクのエリザベート皇妃、シシィの原本が読みたくて始めたドイツ語だったけれど、先生の巧みな教え方に魅せられた私は、シシィそっちのけで、テキストを一生懸命勉強し始めた。一生懸命といったところで、仕事と家庭を持つ50代後半の私。やっても、たかがしれている。

それでも、クラスメートから嫌われないように必死で後についてまわった。それはまるで、トカゲのシッポの先にくっついている感じ。トカゲの頭は、今日は形容詞、次回は接続詞。シッポの先は赤くなったり青くなったり、固くなった頭をふりふり、右へ左へ走りまわる。トカゲはシッポの先を切られたって平気なのだから、私はとにかく頑張らなくてはならない。

しかし、私は、いい先生に恵まれた。100パーセント正しくなくても、仮に1パーセント合っていたら、まずそこに光を当ててくれる教え方に励まされ、ドイツ語が楽しくなりだしたのである。今までわからなかったものが腑に落ちるということの喜びを、生れて初めて体験した。

その揚句、ほのめかしとおだてが、人をして、やる気を出させる…。この見本みたいな気持になった私は、ドイツ語の検定試験とやらを受けてみようと思ったのだから、これはスゴイ。

クラスで毎回行われるディクテーションがあまりにひどい時は、独検などヤメタと思ったものだけれど、納めた受験料四千円が惜しかった。

受験日の前日、受験票を見てあわてたのは写真貼付を忘れていたこと。そこはなんでもスピードの世の中、アッという間にそれも出来て、疲れた顔の私がちょこんとかしこまっていた。持っていく物、プラスチックの消しゴム。「何これ。プラスチックの消しゴムって何なの」と大騒ぎすれば、使っているそれがそうだと娘に叫び返された。ふーん。

朝の苦手な私が8時前に家を出て、関西大学に向かう。初めて行く所だ。「独検」と書いた看板に沿って歩く私は、大勢の若者に交った一人の中年。試験場の雰囲気は、まさしく40年前に味わったもの。妙に懐かしく、机に向かえばそんな昔が思い出され、緊張と静寂の中、私は落着いていった。試験は90分。考えるとわからなくなる問題は飛ばして、出来るところを完全にと思った。帰り道のなんと眠たかったこと。けれど結構爽やかな気分が私を満たしていた。

年末に、結果が来た。ドイツ語学文学振興会という所からで、四級合格証書が入っていた。ちょっと嬉しかった。九二点。トカゲのシッポがニタッと笑った。

（1997・2）

現代の出産

4月中旬、娘が母親になった。私が祖母になるのも初体験だけれど、出産に立ち合うという体験も初めてであった。娘が選んだ病院は、震災後にできた新しいもので、名前もレディスクリニック。産院というよりサロンの雰囲気の漂うところで、玄関先には花が咲き乱れ、受付の人も看護婦さんも、若い優しい感じの人ばかり。先生は物静かな、これまた優しさを絵にしたような人。要するに優しさが満ちあふれた病院であった。

30年前、私が出産した頃を思い出すとあまりの違いに当惑するほどであった。当時は大病院全盛の頃で、私は医師にも看護婦にも叱られて、その悔しさの中で、歯をくいしばり出産した。寒々とした分娩室で私が最初に口にした言葉は「家に電話をお願いします」であった。これが当時のごく普通の出産風景。

そして今、娘の出産。午前10時頃病院に行った私は、ごく自然に分娩室に入る羽目になった。病院の分娩着はピンク色で、ふとんもピンクの花模様、ソファがあってまるで応接間で出産する感じだ。つきっきりの夫君は大変だった。娘の手をにぎり懸命の介護。それでもまだかなりの時間がかかり娘は苦しんだ。赤ん坊の髪の毛が見え隠れするのを見た私の胃はキリキリと痛み通しだった。先生は終始一貫して優しく静かに娘を励ました。そしてようやく時が来て元気な男の子が誕生した。10カ月の間エコーを通して、ビデオで見てきた既に馴染みの男の子が、お腹からこの世に出てきた。午後3時がすでに過ぎていた。

そして個室。食事が見事で娘はそれを写真に撮っていた。翌日はもうシャワーを浴びて、見舞客もホテルを訪れるようにやってきた。何もかもが私には珍しかった。

けれども、良いことずくしのこの出産を私は今、少し後悔している。娘の夫君は当然としても、私は分娩室に入らない方がよかったのではないか。出産の後は母となり、育児という大仕事が娘には待っているわけで、その前のあの苦しい孤独な闘いを通して、娘が母となるその時に、私という母親がそばにいたこと、これはせっかくの娘の大飛躍に適切な事ではなかったのではないか。

一卵性母娘が増えているといわれる現在を思うと、私は自分のしたことがなにかよくなかったことのように思えて仕方がない。娘も私が居たことを今は、よしと思っていないことと思う。これは私のひとつの反省である。

それにしても、生まれてきた孫のいとおしさ。小さな小さな存在が、家中で誰にもましての大きな存在となり、愛と優しさを皆にふりそそいでくれている。

（1998・6）

お弁当

私は朝が大の苦手である。夕暮時から元気になって夜中はいよいよ意気盛ん。食欲だってすごいものだからゆえに太る。反対に朝は大変。意識がもうろうとした中でふとんを被りなおす時の幸せ。その私が未だに弁当作りから解放されないのだから少し苛酷だ。

昔、息子や娘にお弁当が必要だった頃のこと。さすがに息子は何も言わなかったけれど、娘は私の作るお弁当は抜きんでて変だったと言っていた。量も色合わせも全部どこか変で、娘の友人たちは「張ちんのお弁当を見るのが楽しみ」と言ったという。ある日のものなど冷凍ご飯をチンしすぎて、娘がはしをさすと全部持ち上がったとか。

その私、今は大学勤めの夫のお弁当を作っている。お弁当はいつでもどこでも食べられるから最高なのだそうだ。その上夫は成人病検査で不都合が出てきているので外食は避けたいと言う。おかずに文句をつけないことが条件とはいえ、忍の字で夫は受け取っているのだ。内容はほぼ決まっていてサケの切身か、ツナ缶の醤油煮等々。知り合いの若い夫婦のご夫君はやはりお弁当大好きで、けれどこの方、夕食のおかずからきちんと翌日のお弁当のおかずを残されるとか。当方は夜型の私が全部残さず食べてしまうから不可能だ。時間にしたら15分もかからないのだけど朝はしんどい。しんどいくせに作らなかった日は一日中良心の呵責にさいなまれている私。

　ある日、きれいに洗い上がった弁当箱を見て驚いた。聞けば急に会議があって昼食付きだという。そこで院生の女性に食べるかと聞いたらうんと頷いたので渡したという。「そんな…」と絶句した私に朝のシーンが見事に蘇った。その日は特別に何も材料がなくて、チンのご飯にさつま揚げが少しとピーマンだけ。恥ずかしくて悲しくなった。「今後は一切人にあげないこと。食べる時は部屋に鍵かけて一人で食べること。」ひどい話だけど、すっかり目覚めればお料理もするし、学生さんは大好きなのでよく自宅にも招いている。でも朝はとにかく……。

　そんなことがあった後の夫との会話。また昼食時に会議があり、他の先生方は仕出し弁当を取るのだそうだ。「僕は仕出し弁当は食べたくないけど、いつものでは妻として恥？」そんなにまでして私のバカ弁当を持っていきたいのかと思ったら、急に34年の夫婦の月日が天をかけめぐった。「卵使うわよ。卵を使えば色どりがうんとさえて、私だってうまいものよ」

　自分の不精を夫のコレステロール対策に置き換えている私は、この時ばかりは大真面目にお弁当作りにいそしんだ。


（1999・6）

息子

18歳の時、家を出ていったわが息子。何年続くかわからない反抗期に、互いの肉体的精神的疲労が頂点に達した時、まるでこうなるべくしてなったかのように、彼は神戸から京都に居を移し、以来年に二、三回の逢瀬が我々の習慣になってしまった。

京都での芸大生時代、彼はすさまじく変化した。茶髪がまだ今ほどでなかった頃、彼の頭はゴールドに輝いていたし、茶髪が流行しだしてからはスキンヘッドに輝きだした。外装だけでなく内面も疾風怒濤、阿修羅のごとくであった。つきつめた厳しい顔付きの時が多く、母親からみてすぐわかる、不幸不満足のいやな顔付きの時もあった。母親をいじめて鬱憤を晴らす息子をただ涙して耐えた。

息子が変わり始めたのは30歳を迎える頃であった。まず京都から東京へ移動すると言う。彼は京都が長く気に入っていた。どこがいいのかと問う私に、「京都には、いい大人がいるんだ。大人を見ていいなと思えることはなかなかないからね。」ふーんとうなずきながら、私は彼の交友関係の良きものに感謝した。その京都で11年過ごしたから次は東京で生活してみるのだと彼は言い、私から十万円借りて引越ししていった。何しろ所持金はたった三千円とかであった。

東京に行ってまもなくの頃、私の母が骨折しその入院先の病院で息子に会った。「どう東京?」「うん東京は仕事がしやすいね」。息子はコンピューターを使いグラフィックから何でもかんでも来るものこばまずでやっているという。

その後、また東京で彼に会った。スキンヘッドは相変わらずだったけれど、日焼けし落ち着いたいい顔をしていた。母親は息子の顔ですべてを見分けるということを、彼は多分知らないだろう。この日息子は私に借金を返却し、しかも夕食をおごってくれるというのだ。「原宿にいい店知っているから行こうよ」。

しかしこの提案は時間の都合で実現せず、近くのファミリーレストランになってしまった。彼は不本意だったけれど、あの時食べたポテトスープとサラダの味を私は一生忘れないだろう。「僕はね、敷居が低いから仕事でも友人でもどんどん増えるんです。だから問題も起こるけど、プライドがめちゃめちゃ高いから、物事のマイナスを決して人のせいにはしませんよ」。食事のあいまにそんなことを言い、敷居の低いのは母親似、プライドの高さは父親似かなと笑っていた。

大人になったなあ、これで彼は完全に自立したと私は胸が熱くなった。幼い頃、彼の小さな生命に感じた深く強い愛情が再び私をおそっていた。

（1999・10）

わが孫

孫の草雅は今1歳と8カ月。実に可愛い。子どもというものは2歳までにその可愛さで親孝行のすべてをし尽くすものだと聞いていたけれど、自分の子より孫を通してまさにその言葉を実感する。

彼の語彙はごく限られているというのに、コミュニケーションのとり方の何という絶妙さ。言葉は今のところ、ママ、トータン、ジジ、バーバ、パン、イヤダ、バイバイ、ドウジョだけ。仕草は指一本たてての1歳、ごめんなさいの頭ピョコ、ごちそう様の両手合わせ。これだけで彼の意志は堂々とまかり通る。

先日娘の家でめずらしく彼を預り、二人だけでひとしきり遊んだ時のこと。遊び疲れて少々ママを思い出しそうになったので、私は彼を外に連れだそうとした。「外へ行こうか」と言うと、パッと表情を輝かし、まず私のバッグと靴をぶらさげてきた。それから自分のサンダルをはいてニッコリ笑う。戸を開けるとアッという間にエレベーターの所に行ってしまった。こちらは慣れない鍵の操作に手間どっているというのに。心は、エレベーターに孫が乗ったらどうしようとドキドキしまくっている。「ちょちょっと待ってよ」と動きまわる彼を抱きかかえ、今はやりの薄い名刺大の鍵をさし込んだ。けれど、足をバタつかせる彼を抱きしめてやるものだから、変に力が入ってしまって鍵がパリッと割れてしまった。万事休す。

どうしよう、鍵が割れてしまった。「草ちゃん、鍵がこわれたからお外へは行けなくなっちゃった。ごめんね、ごめんね」と必死で私が謝るのを彼は自分が何か悪いことをしたと勘違いし、何度も何度も小さな体をかがめておじぎを始めた。「違うのよ、バーバが悪いの。ごめんなさいはバーバなの。」もう私は大汗をかいて孫にわびた。二つに割れた鍵を見せて私がピョコンピョコン頭を下げると、彼も頭を下げて二人でピョコン。

仕方なく戸を開けたままにして、マンションの廊下で、小さな車に乗って遊んだ。五階から中庭を見下ろすと怖い。孫を抱いて下を見るのが怖い。

自分が子育てをしていた頃、私はやはりマンションの上階に住んでいたのに、怖いという感情はあまりなかった。あれが若さだったのだろうかと思い知らされた。いやそればかりではない。もしこの孫の身に私の不手際で何か起きたらと思うと、私は身の縮む恐怖を覚えるのだ。孫イコール娘の幸せ、不幸せが結びついている。

孫ができたら、「さつきさん」と呼ばそうと思っていたのに、そんな格好いい余裕など今は全然ない。孫と娘の幸せのためなら、バーバは髪ふり乱して走りまわりたいと思っている。

（2000・1）

春一番スイートピーの花

暗いニュースが次々と続く。これでもかこれでもかと襲い続ける毎日。テレビのニュースを見るのが恐ろしい。とりわけ子どもの不幸に心は凍てつく。

春は名のみの先日のこと。外出の用があった私は、三一五段の階段を下りてバス停へと急いでいた。ところが階段の途中で可愛い幼児用の毛布が落ちているのに気がついた。まだ真新しく今落ちたといった感じだった。この長い階段にはノラ猫がたむろし、猪も行き来している。私は毛布をひろって手すりに結わえ付けた。

バス停に行くと、若い母親が赤ちゃんを抱いて立っていた。思わず「毛布が階段に落ちていたけれど」と言えば、「アッ、私のです。」「早く、早く今から走ればバスに間に合うわよ」と私は両手を差し出し、若い母親は実に自然に彼女の宝物をさっと私に渡し、走り去っていった。

「張さんのお孫さん?」やはりバスに乗ろうと近づいてきた知人がたずねた。「いいえ、知らない方の赤ちゃんよ、可愛いわね」私は子どものぬくもりを全身に感じ、新しい命とはかくもよい匂いを発散させるのかと、感心していた。彼女は泣きもせず、けれど笑いはせずに、私の腕の中にいてくれた。

すぐに若い母親は戻ってきた。手に毛布をぶらさげハーハーと荒い息をしている。お母さんを見て初めて赤ちゃんは少し泣き、私を見てニコッと笑ってくれた。居合わせた人皆がほっとしたところにバスが来た。

バスは混んでいて、母親は子どもを片手に抱き、もう片手にベビーカーをぶらさげ、それにかの毛布をかぶせている。リュックを背負い、顔から汗がふき出している。席をゆずろうとした人がいたけれど、彼女は大丈夫といってがんばっていた。せめてとベビーカーは私が持ち、どこにお住まいかと聞けば、私と同じ山の上のマンションだった。

赤ちゃんの名は千晴ちゃん、10カ月という。もう相当に重い。住吉駅で降りていったけれど、何度も何度もお辞儀をしてくれた。一人になって考えてみれば、よくぞ大切な宝物を私に託してくれたものだと、若い彼女の気持が嬉しくなった。

そして、その日の夕方、夕食の仕度をしていたら玄関のチャイムが鳴った。なんと昼間の彼女が笑って立っている。手にスイートピーの花束を抱え、お礼にという。私は胸が熱くなった。

人を信頼できる人間に育て上げられた彼女は、千晴ちゃんをまた、そのように育てていくのだろうなぁと、できたての若い家族の未来の幸せを、スイートピーの花を見ながら、切に祈る一日であった。

（2000・4）

将丸君

将丸君が７歳になった。将丸君が生まれてまだ病院にいる時、彼の若いお父さんと一緒に車に乗ったことがあった。「僕に似ているのです」とそれは嬉しそうな彼の笑顔があった。でも将丸君は血液の病気を持つ重い障害児であった。何事もありのままを受け入れる素晴らしい一家は、将丸君を心底慈しみ育んだ。彼を最も愛し世話をしているのは、おばあちゃん。私の親友である。

そしてこの春、将丸君は養護学校に入学した。障害を持つけれど、しつけはしつけと彼はきちんとしたものを身につけて、その上あふれんばかりの祖母の愛を心に抱き、この上なく明るく元気がよく、社交性も備えている。口から食物を食べることのかなわぬ彼は、給食の時間をボール遊びで過ごしていた。それを見たおばあちゃんは先生に頼んだ。「将丸は食べることが出来ないけれど、人は皆口から食べ物を決まった時間に食べるのですから、食卓につかせて食べる真似事でもさせて下さい」と。次の日から先生が彼の前に座ってスプーンとお皿で食べる学びをさせていたという。下校の際、彼は「今日ありがとう」と礼をいう。居並ぶ全部の先生にいう。おばあちゃんは、「今日じゃなくていつもでしょう」と教えていた。

「ぼくだけどうして歩かれへんの。」ある日彼の口からついにこの問いが出た。もちろん、家族はドクターや義肢装具士をたずねていた。私とおばあちゃんは将丸君をつれてドイツ人のマイスターがいる靴屋にいった。クリニックの日で、マイスターを始め整形外科医、技士が相談に応じていた。将丸君の足をみたドクターは「靴を作っても歩けるようにはならない」と明確に口にした。おばあちゃんの目からハラハラと涙がこぼれ落ちていた。私は下手なドイツ語で必死にマイスターにもちかけていた。なんとか、一歩でも二歩でもいいから歩けるようにしてほしいと。気のいいマイスターの目が赤くなり、出来るかもしれないと希望を持たせてくれた。中敷を工夫して作ってみるというわけだ。皆がおばあちゃんの深い愛に報いたいと心から願った。そして誰もが将丸君の明るさに勇気づけられていた。中敷が出来上がり、今彼は少しだけ歩けるようになったという。

「時々若いお母さんが子育てのことなど聞いてくるのだけど、子どもをかわいいと思い、慈しみ、ぎゅっと抱きしめてやったら育っていくものよ」おばあちゃんは言った。

7歳のお誕生日の日、将丸君からカードが届いた。「おたん生日ありがとう　将丸」と書いてあった。涙があふれ出た。2002年にも私はこのカードがほしい。将丸君、がんばって。

（2001・12）

あっちこっち

私のマンションは六甲山の麓だけど、娘一家は六甲アイランドに住む。丁度我が家から真すぐ下のはるか海の上。ここは新しい町でいつも花と水で満ちあふれている。私は孫の草雅とそこを散歩するのが大好きだ。2歳の彼を連れだしたある日のこと。

ダッコというので相当重い彼を抱き上げて歩けば、手を前方にさし出して「あっち」という。ヘイヘイとばかり彼の望む方向に歩いて行くと、灘生協コープの前に出て来た。彼はさっと私の手を振りほどき、ずるりと地面にすべり下りると颯爽《さっそう》とコープの中に入っていく。素早く小さい方の買物かごを腕にぶらさげ、何故か忙しげに人混みをかきわけ目的の場所に突進する。私はその後を小走りについて行った。彼の行くところは機関車トーマスのコーナーで、彼はそこでひとしきり思案した揚句、一つの小箱をかごの中に放り込んだ。次は「こっち」といってレジに行くのだ。感心して私は支払いを済ませ、ふと彼を探せば、カゴを元に戻してもう出口に立っている。出口の近くにはベンチがあってそこに座って箱を開け始めた。

しばらく遊んだ後、満足げな顔をして今度は「あっち」と指さした。またしても私は彼の後をついて歩く。あっちの行きつくところにはマクドナルドがあるのだ。当然のように彼はそこへ入っていく。ハハーン、フライドポテトだなとそれを買い、あつあつのを持って歩いた。これは私と彼の大秘密でひそかに私が時々していることなのだ。娘は手作りを工夫しているのでそんなことはしない。ベンチにすわり二人で食べる。私が勝手に手を伸ばすと「ヤダ」という。黙っていると三本に一本の割り合いで私にくれる。

ハトが寄って来た。スズメも飛んでくる。花壇にもようやく春。ポッポ、チョンチョンと草雅も喜び、ポテトを小さくして二人で飛ばした。私は、ふとドイツ語の復習がしたくなった。朝日カルチャーの授業で今、ヴァイツゼッカー大統領の演説を勉強していて、最後のくだりに差しかかっていた。格調高い文章と内容の深さ。何よりも彼の持つ精神の豊かさと愛の深さに魅了された私は、最後の一節を暗記したかった。

――若い人たちに願いたい。他の人々に対する敵意や憎悪に自らを駆りたてることのないように。自由を尊重し平和のために尽力しよう…。――

草雅がポテトに夢中だったので、私は低くその一節をドイツ語で口に出した。すると、「バーバヤダー」アハハアハハと彼は笑いころげる。「おかしいかい草雅よ。でもこれは大切なことだよ。君が大きくなった時、ヴァイツゼッカーさんもバーバもこの世にいないかもね。でもこの言葉は不滅だよ。草雅も覚えておいてね」私は心にそうつぶやき、草雅と一緒に笑った。

（2000・5）

ジージのお家に帰るのよ

草雅の成長は、2歳を過ぎた頃からいよいよスピードを増し始めた。特に言葉の発達には目を見張るものがある。今日も留守電に彼の甘い声が入っていた。「バーバゲンキアイシテルョ、マタネバイバイ。」疲れて帰宅した私の心に明るい灯がともる。

毎晩帰宅の遅い夫がたまに早く帰ってきた折など、行こうかの合図で二人して家を飛び出し孫のもとに車を走らせる。30分で行けるので好都合だ。

先日もそんな日があった。ところが行ってみれば草雅の鼻の真中にへんなできものが出来て赤くはれていた。本人は元気そのもので母親も気にしている様子もない。心配しだしたのはジージである。「駄目だよ。放っておいては駄目じゃないか」。折角行ったのにものの5分もたたないうちに娘と夫の間が険悪になった。

娘の方は2年間の育児で直感を働かせている。その内短気な夫は、「もういい、薬を取りに行ってくる。」声を荒げて出ていってしまった。娘は泣き出している。あわてて私は草雅を抱きしめた。ジージと飛びついて抱いてもらったのも束の間、大好きなジージは出ていってしまった。「あのネ、草ちゃんのお鼻が赤いでしょう。ジージは薬を取りに行ったのよ。」しばらく黙っていた草雅はなにやら不思議そうに、「ジージオコッテイナイ?・」いつもの元気はどこへやら、私の膝の上にちょこんと静かに乗っていた。「怒ってなんかいないのよ。ジージは心配しているの。」小1時間ほどしてジージは戻ってきた。「怒っていないかって何度も聞いていたわよ。」この私のひとことで夫も機嫌をなおし孫と遊び始めた。

それからしばらくたったある日のこと。草雅は本当に病気になった。高熱を出しのどから笛を吹く様なヒーという咳が出ている。母親はすぐに彼を抱きかかえ病院に走った。ドクターがよくすぐに連れてきたとほめたとか。放っておくと危険な状態になったという。病院の嫌いな草雅はありったけの声で泣きわめいた。今までは大声で泣くしか能の無かった彼が、使える言葉をみんな使って抵抗した。「病院キライ」「先生キライ」。若い看護婦さんめがけて「おばちゃんキライ」。いくら嫌いといっても埒があかないと分かった草雅は、ママへの泣き落しにかかった。「ママ大好き、アイシテルヨ」「オウチカエル」。それでも大好きなママまで助けてくれない。いよいよ困りはてた草雅は決然として「草ちゃんはジージのお家に帰るのよ」と叫んだそうであった。

「そうか、そんなこといったのか。ずっと風呂に入れて来たもんな。愛情こめて可愛がっているもんなあ。」ニンマリと幸せそうな夫がそこにいた。

（2000・12）

ウィーン国立歌劇場合唱団のクリスティーナ

我々のクリスティーナがウィーン国立歌劇場合唱団の一員として日本に来た。大阪ではザ・シンフォニーホールで歌うとある。今年に入ってそのことを知った私たちは歓喜の声をあげた。初めての出合いはかれこれ30年も昔。彼女が2歳の頃、ドイツのシュツットガルトの公園であった。母親のハイジは黒のロングコートに身を包みやはり黒の二人乗りの乳母車に彼女と妹のエレンを乗せ、長い黒髪をなびかせて、カスターニエン（栗）の大木が葉を落とし始めた秋のある日、公園を散歩していたのだ。それは私が、少女の頃ヨーロッパを想い描いていたのとそっくりな美しい風景であった。

私の方はやはり2歳と1歳の子ども連れの、しかも一言もドイツ語が分からない親子であった。けれど、この二組の母と子はまるでそうならねばならないかのように言葉を超えて仲よくなり、以来ずっと何にもかえがたい友情を抱き続けているのだ。25年前の帰国の日、四人の子どもたちは声をあげず、ただ涙だけをハラハラとこぼしていた。

クリスティーナはその後ピアノを修得した。絵にも才能を示しモナコの新人展に入賞した。結婚を機にさらにドラマティックな生き方をしたいという彼女は、ウィーンに移り住み、オペラの勉強を始めた。彼女はその上美しい。気品と熱情が入り混じっていて私は感動さえしてしまう。でも陽気で快活な性格は少女の頃とまったく同じ。じゃがいも売りのおじさんが通りを「カルトッフェル」と叫びながら歩いていくのをみるや、パッと窓をあけて「カルトッフェル」と大声で叫び窓を閉め床にうずくまって笑いころげていたのはつい最近のこと。

そのクリスティーナがザ・シンフォニーホールの舞台で踊り歌っているのだ。金色の衣裳を着、黒の長い手袋をはめ、メリーウイドウをやっていた。彼女は入団してまだ日が浅いのに、演出は彼女の若さと美しさを充分に生かしていた。二五名の中心に、いつも彼女はいるのだった。白い肌がまぶしいほどなのだが、その肩の線は母親のハイジのものであり、黒い瞳は父親のベルントのものであることを知るのは私たちだけ。私の目に涙がうかび、舞台の魅惑的な彼女が急に幼い少女に逆戻りした。

彼女はカヴァレリア・ルスティカーナの復活祭の歌を独唱した。アルトが響き始めた。前日はカルメンだったそうで、さかんにカルメンを聞いてもらいたかったとあとで嘆いていた。そうだ、彼女にカルメンはぴったりだと思った。

その日ホールは完全にウィーンに酔っていた。観客はウィーンの軽妙洒脱な歌に合わせ手を打ち、ブラボーが飛びかっていた。

（2001・8）

夫の還暦

夫もついに還暦を迎えた。私はほんの一足先にすでに越えている。そんなある日、研究室の人たちが還暦のパーティを催してくれると通知があった。大学ではよくあることで夫の場合もついにこの日がきたかの感があった。しかし、恐ろしい先生、厳しい先生で名を馳せている人なので、私は少し心配だった。

夫はよく学生にいうそうだ。「君たちは阪大という名で就職先に苦労していないのだ。その分しっかり勉強しないといけない。」その上、私のことまで例に出す。「女房は高校を出てすぐ就職し、我々が結婚した時も働いていたけれど、僕の初任給は10年の差のある彼女より高かった。だから君たちはうんと勉強しないといけないのだ」というわけで、夫の指導はひどく厳しく容赦のないもののようである。学生さんの一人から私は直接に「先生に教わっておいたら社会に出てから恐いものがなくていいです」と聞かされてびっくりした。

さてどんなパーティになるのかと半分不安を抱きつつ私もついていった。ところが驚いたことに会場に入ると夫の名前の横に私の名前が堂々と併記してあった。びっくりして声も出ない私に秘書の人が「学生さんたちが一緒にするというのです」と私の気持を推し量って同情してくれた。そして南は鹿児島、北は盛岡と昔の仲間が大勢集まって、同窓会が始まろうとしていた。

案の定、「恐ろしかった」のスピーチが断然多かった。嬉しかったスピーチのひとつは、「本当の大人に出合った」といってもらえたこと。年に一回私も参加している六甲山ふもとの焼肉会の思い出。

フルートやピアノ演奏もあり和やかな時はすぐ過ぎた。夫の挨拶がすみ、隣でかしこまって縮み上がっている私に彼はマイクをわたし、祝ってもらったのだから礼を言えと促した。

夫を怖いと思っているのは学生さんだけではないのよと、私の心の中が騒いでいた。「あのー」私は言い出してしまっていた。

「怖いと皆さま言われたけど、一番怒られているのは実は私なんです。本当にすぐ怒るんですよね。でもよく考えてみると、この私がどうにかこうにか社会人として生きられているのは、この怖い人を夫にしているお蔭なんですよね」

実際私はしみじみとそう思う。理不尽に怒るわけではないのだから、厳しい夫を持つ方が妻たるもの自然に自立していくようにも思えるのだ。私はまだまだ半端だけれどそう実感する。

私の挨拶に涙した学生さんがいたと後で耳にした。彼もまた怒鳴られた一人なのだろう。

その怖い人、その日一日中、ニコニコと笑いくずれていた。

（2001・9）

トスカーナからのお客さま

金木犀の甘い香りを感じた途端、１昨年の秋を思い出した。イタリアのピサ大学から、バサーニ先生夫妻が夫のいる大阪大学に１ヵ月余りの滞在をされた日々のこと。先生は２年前にはピサ大学の学長をされていた。私は、いわゆる社会的地位のある人が、実際はどのような本質の人かを探るのが好きで、今回も先生夫妻に大いに興味をもった。初秋とはいえまだ暑い京都を案内し、嵐山からトロッコに乗り保津峡を走った。私たちにとっても初めてのトロッコ。これはあまりよくなかった。景色はよいのだけれど静けさを味わうことなど皆無。車中のアナウンスのすさまじいこと、恥ずかしくて真っ赤になりそう。ほんの短い時間なのに変な天狗が出て来て大サービス。次は写真屋が来て、頼みもしないのにシャッターを押し、思う間もなく小さなアルバムにして千円で売りにきた。誰も買わない。ところが先生は二千円を出し我々の分まで購入するのだった。悠々と嬉しそうに。余裕のある人はそれが義務と心得ているように私にはみえた。

先生は阪大のゲストハウスに滞在していたが、そこの食堂はお世辞にもおいしいとは言えない。けれど夫妻は、六八〇円也のスパゲッティセットを始終食べて、おいしいと満足気であった。万事がこの調子で日本を肯定的にみつめているのだ。

そんなある日のこと。外出しようと夫妻が玄関口にいき外を見ると、若い男が一人、ピストルを手にこちらを向いて立っていた。母国で一度こわい思いをしたことのある先生は夫人とども洗濯室に隠れること小一時間。日曜日のことでほかに誰もいず、若い男が立ち去ってから先生は研究室にいき、そこにいた学生たちが警察に通報。スワ一大事とパトカーが二〇台やってきた。でも誰一人英語の出来る警官はいなかったという。周囲を捜索した結果、警察側はただの遊びだといい、先生は本物のピストルであったという。

この事件は1年経た今も解決はしていない。簡単に玩具ときめつけられない小さな事件が昨今あることも事実なのだ。しかし帰国の際先生は、自分の見当違いであっただろうといい、大学側はほっとした。そこにはホストである夫を庇う寛容な年上の先生がいた。

まるで白いレースでおおわれているように見える美しいピサ大学の大理石の建物。トスカーナ地方の豊かな自然。それに比して大阪滞在はどのようなものだったのだろう。私は先生の中に大きな人間を見た。人に自分の気持をちょっと押さえて譲ることの出来る優しさを感じた。偉い人といわれている人の中に謙虚さをみつけた時の私の嬉しさ。別れの日、「友情に乾杯」と先生。イタリアにも友人を見つけた!!

（2001・11）

昔の公園、今にみつけた

3歳になる草雅を連れて近くの公園にいった。そばには私の子どもたちがかつて通った小学校がある。当時は生徒数二千何人の東灘区一のマンモス校で、校区には大きな団地が二つも三つもある。けれど同時に育った子どもたちは一斉に家を離れて、今は学校も公園もどことなく淋しくなってしまった。

孫はこの広い公園が気に入って砂遊びを始めていた。そこへドドッと七、八人の大小入り交じった子ども集団が現れた。ともなく茶髪の若いお母さんが小走りでやってきた。そりを入れたかのようにまゆ毛が薄い。かなりきつい声で、集団の中の三人の子どもの名を呼び、「ここに来なさい」と命令。三人の男の子はすぐに彼女の前に立ち並んだ。「いい、今から言うよ、道路はどうやって渡るんや、横断歩道を渡らんといかんやろ」。東京育ちの私はいまだこちらの言葉が上手く言えないのだけれど、温かくすごみのある関西弁である。「いい、今からいうよ」で始まる言葉。見事と私は心の中で喝采を送った。叱られた三人は何か言い訳をしたらしい。彼女から一喝をくらっておしまい。

孫と私が小山を作りトンネルを掘っていると、ギャーッと声がして、小さな女の子が鉄棒から落ちた。いつのまにやら母親が三人に増え、一人がパンツをめぐって傷があるかみている。即一大事とかけ寄った男の子たちに向かって「何見てんの、女の子やろ。あっちいき。」泣き叫ぶ女の子の母親はこの場にいない。「今、この子連れていったら、お母さんびっくりしはるから、落ち着いてから連れていく。」この時も私は、なるほどと一人感心した。

この集団は男女大小色々でそこが面白い。そのうち「闘いごっこしよう」と話が煮つまった。それを聞くや例の茶髪のお母さんが砂場の中まで入ってきた。「あんなあ、してもいいけどな、いうことがある。」全員彼女の前に集まってきた。彼女の言葉は簡単明瞭。誰が一番年下であるかを思い起こさせるのだ。そしてその子がいやや言ったらすぐ手を放す。それがルールだといい、砂場の空缶と木切れを片付けさせた。私はまたもや感嘆。

茶髪が出てくる度、私も孫も聞き耳を立てた。迫力があり正論なのだ。夕ぐれがせまり帰り仕度を始めた時、私は自然に彼女に話しかけていた。「あなた、本当に子どもの扱いがお上手ね。」最初いぶかしげに私を見た彼女は、みるみる内に真っ赤になり意外にもはにかんだ。その表情が可愛かった。

仲間のお母さんが「そうなんです。子どもが皆集まっちゃうのです」といった。私が子どもの頃、大人はいつもそうだったと私は大きくうなずいた。

（2001・10）

草雅三歳

そろそろ二人めの子どもが欲しいという娘夫婦だったが、その前にまだまだ沢山出る母乳を止めなければならないと準備が始まった。３歳を前に相当大きくなった草雅が、母親のオッパイを飲んでいる様は、まるでトドが寝そべっているようで可愛いけれどもうおかしい。そこで、お乳のことではいつも世話になる助産婦さんの所へ三人で出かけた。事前に、今の草雅が、一番好きなものは何かと聞かれていたので、娘は「どらえもん」と答えていた。お乳をすっかりしぼり出してしまい、そこへどらえもんの絵を描いてもらい、娘は草雅に声をかけた。「草ちゃん、草ちゃん、ママのオッパイはどらえもんになってしまったよ。みてごらん」パッとふり返った草雅の目に、オッパイはどらえもんになっていた。一瞬びっくりした顔をしたけれど、ふうんというような納得のいった顔をして、それで断乳は成功した。

そしてまもなく娘夫婦の願いはかない、お腹の中に赤ちゃんが出来た。３歳になった草雅はどんどんと知恵がつく。食事の際のイタマキス・ゴチマタ。アリガトとゴメンナサイも時と場合に応じていえるようになっていた。バーバと草雅はキスをし合っていた仲なのに、ある日断固として言われてしまった。「バーバ・ロべはいや。赤くなる」そういえば草雅の大好きなママは口紅をつけていない。仕方がないので、ホッペにチュをしたら、これまた小さな手でぎゅうぎゅうとこすってふきとるので、あきらめた。そのかわり、投げキスをすると、これは上手に受けてお返しをしてくれる。よしこれでいこうと私もしつこい。

ある日、彼は私の服装を上から下まで、つくづくとながめ、「へん」という。グレーのエプロンのことかと問えば首を横に振る。カーディガン？　Ｔシャツ？　ズボン？　どれもちがうという表情をする。急に、やっと言葉を見つけたといわんばかりに、「まぜないで」といった。個々はいいけど全部の色合いがへんだというのである。私はいそいで、頭を使って洋服を着がえなおした。

娘のお腹が目立ち始めた。草雅に「ここに妹がいるのよ」とママが説明している。それでも草雅はママに抱っこがしてほしい。なかなかそうはいかないと分かりはじめた草雅はバーバで我慢しようと思い出した。「バーバ、ママのお腹の中には赤ちゃんがいるからね、ママは抱けないって。バーバ抱っこ。」

私の腕はとうに腱鞘炎になっていたけれど、力の限り抱きしめる。生れてくる子と、今走りまわっている小さな生命を、限りなくいとしく思いながら。

（２００１・６）

野乃花の誕生

出産予定日の数日前より若いファミリーと私たちとの共同生活が始まった。98歳の母には我慢をしてもらって、3カ月の施設入りを承知してもらった。ジージは生憎外国で娘が入院したら、草雅とバーバの二人になる。夏の盛り、毎日、毎日、草雅と遊んだ。あっちの公園、こっちの公園。三一五段の階段ののらネコをからかい、くもの巣を細い棒にまきつけて「綿あめでーす」と遊び、いのししに追いかけられたこと二回。私は必死で草雅を抱いて走ったのに彼はアハハと笑っていた。

さて、ついにその日は来た。夜中の三時過ぎ、娘夫婦は草雅の顔をのぞき込み、そっと家を出ていった。私はひたすら出産の無事を祈った。静かに家を出ていったはずなのに、草雅はすぐに目を覚まし、両親がいないことに気がついて、大声で泣き出した。「ママー、ママー、バーバなんかきらいだ。ママが好き、ママが好き、ママがどんなに好きか、ママでないとイヤダー。ママー、ママ、せっかくここにいたのに。」「折角」という言葉があまりにいじらしく、私は困りはてながらも、大暴れの彼をかき抱く。機関車トーマスのビデオを夜中の4時につけて、延々と何本も二人で見ているうちに、朝日が昇り、草雅は寝息をたて始めた。

昼過ぎ、新しい生命の誕生。野乃花がこの世に出てきた。早くから女の子と分かっていて野乃花という可憐な美しい名前を両親につけてもらっていた。さっそく草雅を連れて初対面を果した。彼も大喜びでほっとした。娘は、入院中の日々のために、一日一袋とかなり大きな紙袋を手作りで作っていて、その中には本や色紙や、お菓子やらと草雅の喜ぶものが沢山入っていた。帰り際には、ママの手作りの袋を開けに帰ろうネで、すんなりとバイバイが出来た。

預かっている間、一度だけ私は草雅をひどく叱った。水彩絵の具で絵を描いていて、彼の爪に絵の具が入り込んでしまった。爪切りを持ってきて、切れと私にいう。深爪になって危険なので、私はどうしても駄目といった。いくら手を洗わせようとしてもいうことを聞かない。押し問答の果て、大泣き大暴れが始まった。無理もない。彼の淋しさを思えばと私は思ったけれど、こればかりはどうしようもなく、放っておいた。でもあまり激しい反抗に、ついに私の口から本物の大声が出た。「草ちゃん、止めなさい。」お尻をぶとうとしたその瞬間、バーバ、ごめんなさい、ごめんなさい、バーバ。草雅はいった。

ママもトト（父親）も、そして妹の野乃花ちゃんも帰ってきた。堂々とした家族四人の出来上りであった。野乃花はその名の通りの可愛い子で、とてもたくましそうであった。草雅は妹をいとしく思うのだけれど、いくらか複雑でお祝いに来てくれる人に「みてはいけない」と叫んでみせてくれない。どうして見ては駄目なのと聞けば「ダメ、ホウチャンが守るの」という。

その野乃花も私にとってはあっという間に1歳の誕生日を迎えた。一歩一歩、ゆっくりとしっかりと大地を歩き始めた。娘は男と女とを区別して育てていないのに、野乃花はまぎれもなく女の子で、ママやバーバのハンドバック点検と化粧袋の中味に断然強い関心を示している。この1年間はお兄ちゃんに隠れていたけれど、もうそれは卒業とばかりに、盛んにバーバの取りっこをやりだした。気のいいお兄ちゃんはバーバの膝の半分に腰を下し、「野乃花ちゃん、そっち半分に座っていいよ」などといっているけれど、野乃花はぐいと草雅を押し出し始めている。

けれどなかなかの兄思いで、お風呂から出てくる草雅をまって、風呂場の床にデンとお尻を下し、お兄ちゃんのパンツと肌着を手にしているのだ。いい世話女房になりそう…。何をしても何をしなくても、持って生まれた個性にはかなわない。

みずみずしい二人の命は、皆の心の支えなのだ。

（2002・9）

サンセットの輝きのなかで——エピローグ

5歳の時に死に別れた父が急に天から地上に舞い降りて、そして私の目の前に姿をあらわした。

Tさんというディレクターの人が、57年前に死んだ私の父・哲学者であり教育者でもあった、木村素衞の世界を映像にしてみたいというのであった。青天の霹靂、これ以上の驚きはなかった。今、現在無名に近い父をどうやって映像化するのだろう。最初から不可能に近いと分っている事を何ゆえに。私は当惑した。けれど、もしそんなことが実現できたら、長い間今もなお父を慕ってくれている信州の先生方に、恩返しが出来るかもしれない。そして100歳に手の届かんとする母の幸せにつながるだろうと、この二つのことが私の心を一杯にした。

私は上京しTさんに会い、ただお辞儀をして帰ってきた。そして取材が始まっていった。

10月5日、孫の水泳教室にいきその帰り、のんびりと六甲ライナーに乗って家路に向かう私のケイタイが鳴った。私のケイタイは二人の老母のためにのみあるようなものだ。ハッとして、しまりかけたドアから飛び下りた。Tさんの大らかなのんびりした声が聞こえてきた。「これからお宅に行きますよ。今日は下見だけですから」と。急いで家に帰れど、なかなか現われない。心配になってこちらからTさんのケイタイにかけたけれどつながらない。二回目に通じて「ハハハ、山の道走っています」「戻って下さい。それまちがいです」「そうらしいですね」。

私がマンションの階段をかけ下りるのと、タクシーが止まるのとが同時で、TさんそしてカメラマンのYさん、録音のKさん。この三人がタクシーの運転手さんに礼儀正しく礼をいっているのが印象的であった。そして初対面のYさんとKさんは、私の大昔からの友達であるかのように私に笑いかけ、Tさんを目で追って「なあんにも分っていない人がいます」というのであった。Tさんは何をいわれようと意にも介さず先を歩いていく。私はこの一瞬の出合いから三人に対して既に不思議な共感で心がやすらぐのを感じていた。

家に入り、麦茶だけをだした。今日は下見だからとものの十五分もいたかどうか。三人ともただニコニコだけ、でもなんと笑顔のいい人たちなのだろうかと私は見とれた。それなのに帰る寸前、「ベランダでバラをみている少女はさつきさんですか。あれは撮します」。父が描いた一枚の水彩画である。「カワセミの絵がありましたが、どなたの作品ですか。」笑いカワセミは私の秘めたる渾名である。私が大声で笑うから人は私のことを笑いカワセミというのだ。いつかオーストラリアの笑いカワセミの実況をテレビでやっていた時、三人も四人もの友人が「テレビテレビ」と、まさに見ている私に向かって電話をしてきたことがあった。掛っている絵は夫の研究室に来ていたデンマーク人の作品。彼にまで私は笑いカワセミの印象があったのだ。そのカワセミ云々をすぐいうTさんは、確かに私のカワセミについてのエッセイを読んでいるのだ。あの春風のような、人をほっとさせるかに見えるTさんの鋭い目とすばしこさを見せつけられた。

10月6日、張家の家庭団欒を取材するとかで、お茶の時間にそろってやってきた。こちらは二人の老母、娘一家計八人が勢ぞろいするはず。私は八人分とTさんたち三人分計十一人分のティカップをテーブルに並べておいた。まず機材を置かせてもらいたいと入ってきて、ホームから母が到着する所を撮すからとすぐ出ていった。この間1分から2分。ふらりふらりと歩きながらTさんは私に向かって、「ティカップが三人分多すぎます。はずしておいて下さい。」ひどく真面目ないい方に、そうか仕事はもう始まっているのだなと納得した。

10月7日は母と私だけ。母に父を語ってもらうのが目的で、ホームからまた母を連れて帰ってきた。母は〝イクラ〟が好きなので、昼食にイクラご飯を食べさせて、その後から仕事を始めてもらおうと思って、それをのべた途端、「そこから撮りましょう。」鶴の一声というか、Tさんが何かいうとすべてがピタリと決まる。

母と二人で、彼らがくるのを待つ間、久しぶりに父のデスマスクを出した。「愛無限」と書かれた桐の箱に、父のデスマスクはおさまっている。久しぶりの父の死顔に母は泣いた。「かわいそうに、こんなに若くして死んでしまって。」52歳の父はまだ若々しく、笑っているようなおだやかな顔であった。デスマスクの父と、母と私の三人は静かなよいひとときを持つことが出来た。今は秋、でも春の陽だまりに漂う三人であった。

そして取材はイクラご飯から始まり、私の三一五段の階段を上ってくる買物風景で終わった。この時だけ私はひそかに抵抗した。Tさんは大根でも持ってくださいと私と一緒に冷蔵庫をのぞくので、大根は重いから、私はすばやくほうれん草を取り出し知らん顔をしていた。そして神戸の撮影は終わった。

10月11日、私は上京した。これから信州での取材が始まるのだ。私はこのことに参加させてもらうと決めた時から、これはTさんの世界。Tさんの映像の世界なのだから、私は一切の言葉を差しはさむまいと決めていた。大根は別にして、Tさんのいうこと、Yさんの要求すること、そしてKさんのいうこと、すべてにハイといおうと心に決めていた。その晩はホテルで一泊し、翌12日、真新しいようにみえる清掃の行き届いた、白い大きな車に乗り長野に向かって出発した。

ドライバーは長身のAさん。そして若い、髪の毛のきれいなRさんが加わった。Rさんは最年少で皆の仕事の助手。私は助手席に座らせてもらえてラッキー、ここなら大丈夫。でも車が走り出してすぐに分った、いつ発車しいつ停車したか分からないくらいすべるように動くのだった。車の後にははしごがついていていてびっくりした。カメラマンのYさんが必要な時に車の屋根に登るから。ふうんと何もかもが初めての体験の私は夢うつつの気分だった。これからの5日間、私はこの五人の仲間と行動を共にする。未知の世界への突入、未曾有のことの始まり。緊張と好奇心とで気持は高揚のしっぱなしだったけれど、Tさんののびやかな優しさに誰もが支えられ、誰もが自然体であり得た。

夕方南安曇野着、豊科で一泊。ぎょうざ屋さんでカンパイ。ドライバーのAさんはお酒が体に合わない由。Tさんは思わず「便利だねェ」と。Tさんはお酒が飲めて不便な毎日を送っているのに違いない。

10月13日、南安曇教育会館で私に大仕事があった。何十人という正真正銘の教育者を前にして、父の遺児というだけで私はスピーチをしなければならなかった。これもハイとだけいって私は何もいわなかったけれど、この旅の始まる3日前から、私の手帖には苦痛の文字だけが書いてある。これをなんとか、なんとかやり終えて、長い午前中が終わった。

午後は放心状態のままコスモスの咲く田んぼ道を歩いた。Yさんはどうしてこんなにすぐにハッとするほどの美しい道を見つけるのだろう。Tさんは赤い実をスイスアーミーナイフで切り取っている。何にするのだろう。カメラが終わり白い大きな車は佐久に向かって走り、その日は佐久泊まり。田んぼの中の一軒家風ホテルが愉しかった。

10月14日、生前の父を知っている二人の先生方を訪問。父の何十年前の手紙を、こんなにも大切にしているY先生と父の直筆をみて心がふるえた。開け放された窓の向こうに、初秋の信州がどこまでも広がっている。午後はT先生と千曲川を散歩するところを撮ってみようとYさん。目の前に浅間山の裾野が続いている。若い頃、追分によく来ていた私は浅間山がひどくなつかしく気持がふわっと泳ぎ出していた。90歳のT先生にいった。「先生、手をつなぎましょうか」「いいねェそりゃあいい」。先生と私は手をつないで千曲川のほとりを歩いた。陽が少しかげり始めそれにそって山々がさらにくっきりとした輪郭を現わし始めていた。先生は数年前にお嬢さんを病で亡くしていた。父のない子と娘のない父の二人はいつまでもそうして歩いた。遠くの方でYさんたちはカメラを片づけ始めている。「あの二人、いつまで手をつないでいるんだっていっているわね」と私。「いってるねェハハハいっているよ。」私は幸せにつつまれていた。

先生と別れ、もう一度千曲川ぞいに白い大きな車は走った。Yさんがストップの合図。ハシゴをのぼって車の屋根にカメラを設置。そしてYさんは微動だにせずレンズを見つめたままの姿勢。どの位の時間がたっていたのだろう。サンセットは刻々と姿と色と光を変えていく。なんという明るさを発散しながら消えていくのだろう。あの中に私の愛するあの人もあの人も、そしてあの人もいる。大勢の懐かしい人たちの顔が蘇ってきた。その人たちが今、幸福の輪の中に光り輝いているのだった。そして父はしっかりと私の横に立っていた。私は至福の一瞬を感じていた。六人は誰もほとんど口を開かない。否、体も動かさずYさんの世界にひたすら寄りそってつったっているふうであった。これが物を創る人の世界なのかと私は感動していた。

仕事が終わればまたカンパイ。信州に来ているのだからと連日そばと馬さしを食べた。夜オフロ事件が起きた。私が丁度バスを使っていた時、ドアをノックする音。いくら自然体の六人といえど、私は素顔だけは絶対にいやだったので、困りはてて返事だけをした。Rです。ハイ。またしてもノックと同時にRです。声はひどく緊張しており真面目そのもの。新入社員が社長室を訪れている時のような声なので、私はあわてた。「張ですけどお風呂に入っていて…」といった。Rさんはしばらくの沈黙の後、「Tさんはおられますか。」これですべてが分かった。部屋を間違えている。「いえいえ、反対側の列のどこかのはずですよ。」Rさんは去っていった。ああびっくりしたと私。

10月15日、聞かなくてもいいのに私はRさんに昨夜のことを聞いた。「ドアをあけもせずごめんなさい。会えた?」「フロントで聞いて会えました」。一部始終を聞いて皆が大爆笑した。そもそもは、Tさんが自分のルームナンバーを間違えたのが原因。部屋に来るようにと指示を受けたRさんがようやくTさんの部屋を見つけ「張さんの部屋番号でしたよ」といったらTさんはエッと驚いていたとか。またしても皆が笑いに笑った。私など悪い癖が出て、机をたたいてギャハハギャハハと笑った。皆の笑いが納まったところで、たまたま私の隣りに座っていたTさんが、私にだけ聞こえる声で「でもR君は、張さんがお風呂に入ってたなどひとこともいわなかったですよ。」まだ笑っていた私の顔から、さあっと笑いが消えた。Rさんはまだ二十代なのに、私より人の格が上だと、そう私は思った。

この日は木島平に移動した。妙高山ははるかかなたにうっすらと見えた。この時も、Yさんがストップをかけ、その野道を私は歩いた。野菊とりんどうが咲き乱れ、赤マンマの葉はもう黄葉していた。カメラマンは目で写真を撮る人と思っていた私は、この勘違いに気がついた。カメラマンは心の目で光をとらえるのにちがいないとぼんやり思った。瞬間的にどこが美しいかを見極めるのは心の目なのだと、Yさんの厳しさと温かさの目を、私は盗み見していた。

善光寺へ移動、またそばを食べた。Yさんが参道を歩くようにというのでハイといった。心の中では「まただ、どうしよう、この恥ずかしさをどう隠しおおそう。」年甲斐もなく恥ずかしいと思う自分をかなぐり捨てて素直になることしか、この仲間に入れてもらえる資格はない。録音のKさんにすがるような目を向けるといつもの通りおだやかに笑いかえしてくれる。まだ若いKさんは薬指と小指に結婚指輪をはめている。夫人を亡くし一年にも満たないという悲しい月日を生きているKさんを思えば、参道ぐらい、さっさと歩かなければと思った。

善光寺の山手、雲上殿には父の分骨が入っている。美しい桧の厨子をあけると青磁の骨壺が鎮座している。信州の先生方が作られた。仲間の皆が線香を上げてくれた。私は礼をいった。私はこの旅を手伝いにきただけのはずなのに、何故か皆が私を大事にしてくれる。特別扱いは受けるべきでないと私は思った。日常よく、「お前さんは自分を何様だと思っているのだよ」と厳しいしつけを夫から受けていることを、この時ほど我がためによかったと思ったことはなかった。プロの中に一人素人がいるだけで、気を使わせてはいけない。でも私はやはり何となく、礼をいっていた。Yさんが「気を使わなくていいのですよ。皆、自分の仕事をしているのです」ああそうなのか、凛といわれて私は一人感心していた。

最後の夕食は、地元の人に教えてもらって、民芸風料理屋にいった。Tさんの鼻は特別で、土地土地でおいしいものを見つけるその技にはすごいものがあると、Kさんから聞いた。その通り、いつもいい店を探して皆を連れていってくれる。この日もそうだった。今、おいしいものはと店の人に聞けば〝きのこ鍋〟。いっせいに歓声を上げたつもりが、Rさんはきのこが全く駄目と判明。においが嫌いという。止めようかといった人もいたけれど、結局窓を開けにおいを外に流し、早くきのこを食べてしまうことで落ち着いた。大皿に見事な大小さまざまな採りたてのきのこがどっさりと運ばれてきた。中に一個なすがあった。きのことなすはペアとか。

Kさんがおずおずと「なすは駄目なんです。」

60歳過ぎた三人はなんでも食べて飲んで、若い人にはそれぞれ悩みがあった。でも食べ始めて私は、仲間のやさしさに心打たれた。Rさんににおいがいかないように、あっちの窓を開けたりこちらを閉めたり、そしてなすは誰も鍋に入れなかった。

10月16日、最後の日。松本城の横をまた歩いた。大柄のRさんがカメラと私の間を走って来てまた戻ってと指示をする。これで最後とYさんがつげた時、心底ほっとした。Kさんがすかさず「またここ撮りますといわれるかも」と明るい顔でつけ加えた。カメラの目はこわい。あのカメラは私の心の中の中まで見ている気がしてならない。見え隠れする私の邪悪な面をYさんだけはきっと知っているだろうと思う。それでも悪戯が大好きという目で私に笑ってくれるのだった。

Kさんはそのさんにつききりで録音を取る。黒い綿あめみたいな棒を持って、Yさんにぴったりついて走りまわる。二人の静と動のバランスは見事そのものだ。そしてすべての人の助手のRさんの働き。ドライバーのAさんの寡黙で礼儀正しいこと。この数日間、私は礼儀の世界にいたような思いがしている。この礼儀とは、誰かが何かを感じた時、誰かが何かを思いついた時、それが何だか分らなくてもそれを大切にする。そんな礼儀が物づくりの世界には存在するのだと思った。私は温かい感情につつまれて、心が満たされていた。先輩のTさんとYさんを尊敬する若い人の姿は、まさに幸せそうであった。

松本の帰り、Tさんはしきりにドライバーの A さんにあそこで止めてと頼んでいる。見たところどうみてもやおやさんだ。私たちが松本城のそばを歩いていた時、Tさんと A さんは消えていた。いよいよ帰路につく出発の際、私は A さんに聞いてみた。「やおやさんに行って来たの」と問えばうなずいている。白い大きな車は例の通りすべるように動き出した。「何買ったの。」A さんはこれ以上の小声はないくらいの小さな声で、私の方に少し体を寄せていった。「きのこ」。それは感動的なほど小さな声だった。東京の渋谷で解散の折、何重にもビニール袋につつまれたかなり大きなきのこの袋を手にし、Tさんは挨拶をしていた。

丁寧な仕事ぶりとやさしい心根の仲間に魅せられ通しの私であった。別れの際自然に、ごく自然に「幸せでした」と私はいった。本当にこの旅は幸せだった。久しぶりに若い人の間に私はあって、老女たちの生命を気にせず私は自分だけの生を生きていたのに違いない。

あれからもう1カ月半が過ぎた。あれは私の完全な〝マディソン郡の橋〟であった。フランチェスカは4日間の恋をした。そして二度と出合うことのない人生を生き抜いた。私は4日間ではなくもう1日多い5日間を、五人のロバート・キンケイドに恋をした。私もまたフランチェスカのようにさよならをいったけれど、彼らの仕事をブラウン管を通じて追い続けていくことが出来るのが、うれしい。取材の後のTさんの格闘の日々を想像し、私はひたすら祈った。

Tさんが思い描く世界に仕上ることを、心を鎮めて祈り上げていた。

放映の日が近づいている。父はその日、Tさんの映像の世界を凝視し、幸せに包まれて光輝くサンセットに向かい、さらなる美しい天空へと戻っていくのだろう。

（2002・11）

〔2002・12・4にNHK教育、ETV2002「教育者・木村素衞への旅」〝信州に咲いた愛と普遍の教育実践〟として放映された。〕

あとがき

前著『母の贈りもの』の続編が出来ました。あの時から6年の歳月が流れ、母は100歳を越えました。95歳の時我々の住む神戸に移って来て、しばらくしてから10歳下の姑も加わり我が家は老人ホームのようになりました。

私の一〇六六字の世界、神戸市消防局の広報誌「雪」に載せてもらっているエッセイが大分たまってきた頃、未來社の西谷能英社長から続編のお話をいただきありがたく思いました。でも身近なことしか書けない私ですから、自然に二人介護のことが増えています。本にするために二人介護を始めたのではありませんから迷い悩みました。けれどもこれだけ高齢者の増えている現実を考えますと、これはどこにでもある光景のひとつだと思い始めました。それに私は、介護の間をぬって息を抜き、遊び廻る天才なのです。母たちの目を盗んで孫たちの所へ行くスリルにはこたえられません。

ホームにいる母は元気にしています。自宅の姑は昨年秋右大腿骨骨折で入院していましたが、リハビリで見事に歩けるようになりました。ヘルパーさんが来て下さる間、私はホームに走り母とコーヒーを飲むのが何よりの楽しみです。常に私を側に置いておきたい母は、三日とあけず会いに行っている私に向かって「あらめずらしいこと」などと言うのです。この毒舌を聞くのも幸せのひとつでしょう。実母というものは常時切ない存在です。

そして今回の本もまた石田百合さんが編集してくださいました。作業はあたかもパッチワークでベッドカバーを作るが如きものでありました。古くなって色褪せた布地や真新しい布地、外国製のものや私の涙までしみ込んでいるもの、そんな小切れを縫い合わせつぎを当て良い形にし彩って下さったのです。石田さんと私は前後の差はあるものの還暦を過ぎ、20年に及ぶ友情を今に続けています。石田さんは未來社一筋に沢山の本を世に出してこられました。私は時々「何人めのお子さん？」と聞くのです。今回は私たち二人にとって過去におけるもの以上に、よい緊張と深い愛情が流れていたように思えてなりません。織りなしたパッチワークにそれがかもし出されているようで私は嬉しく思っています。

また、「サンセットの輝きのなかで」の中に書いていますが、2002年は私にとって決して忘れることのない年になりました。私が17年も前に書いた『父・木村素衞からの贈りもの』を元NHKの冨沢満さんが映像化して下さったのです。出来上がった冨沢さんの作品は素晴らしいもので、私は見終った瞬間に「私はこの作品のために生を受けて62歳までの人生を生きてきたのに違いない」と思いました。「国を想うことは世界を想うこと…」と父は書いていますが、この言葉が今も切実に響くことを悲しく思う今日このごろです。

千曲川のほとりで美しいサンセットを見た時は息を呑みました。神戸は海と山に挟まれた街で、どこにいても光輝くサンセットを見ることが出来ます。私はその度に、人は皆、やがてこの美しい輝きの中に入っていくのだろうと思うのです。千曲川で見た光の中には懐かしい人たちが満ちあふれていました。私は母にそれを語りました。

この度のカットは娘の妙子が描いてくれました。表紙の写真は私たちがいつも見ているサンセットで、友人の張吉夫さん作です。

我慢強く優しく私を引き上げて下さった石田さん、四冊もの本をありがとうございました。西谷社長、未來社の皆様、「雪」編集部の方々にもお礼申し上げます。また私のことを支えて下さる大勢のお友達、地域の方々、介護にたずさわって下さる数え切れない多くの方、この方々を抜きにしては今の私の生活は決して成り立って行きません。そして冨沢さんとそのお仲間の方々。

私は今ひとりひとりの沢山の方々に感謝の気持でいっぱいです。ありがとうございました。

二〇〇三年春

張　さつき

●張　さつき（ちょう　さつき）
1940年5月、故木村素衞氏（京都大学教授・教育哲学者）の三女として京都に生まれる。著書には、理論物理学者の夫の勤務地ドイツのシュツットガルトでの生活記録『菩提樹（リンデンバウム）の花咲く国で――主婦、ドイツに生きる』（1981年）、信州講演の旅のさなか急逝した父の生涯を描いた『父・木村素衞からの贈りもの』（1985年）高齢の母をおもい神戸に暮らす日々を綴った『母の贈りもの』（1997年）（未來社刊）がある。神戸市在住。

二人介護のはざまを生きる
――サンセットの街 神戸から――

発行――二〇〇三年四月二五日　初版第一刷発行

定価――**本体一六〇〇円＋税**

著者©――張さつき

発行者――西谷能英

発行所――株式会社　未來社
〒112-0002　東京都文京区小石川三―七―二
振替〇〇一七〇―三―八七三八五
電話・(03)3814-5521-4
(048)450-0681-2（営業部）
http://www.miraisha.co.jp/
Email:info@miraisha.co.jp

印刷・製本――図書印刷

ISBN 4-624-50132-2 C0036